KB264664

난중일기

한국문학산책 32 고전 소설 · 산문
난중일기

지은이 **이순신**
엮은이 **송창현**
펴낸이 **안용백**
펴낸곳 **(주)넥서스**

초판 1쇄 인쇄 2013년 6월 5일
초판 1쇄 발행 2013년 6월 10일

출판신고 1992년 4월 3일 제311-2002-2호
121-840 서울시 마포구 서교동 394-2
Tel (02)330-5500 Fax (02)330-5555
ISBN   978-89-6790-065-6   04810

출판사의 허락없이 내용의 일부를
인용하거나 발췌하는 것을 금합니다.

가격은 뒤표지에 있습니다.
잘못 만들어진 책은 구입처에서 바꾸어 드립니다.

www.nexusbook.com
지식의 숲은 (주)넥서스의 인문교양 브랜드입니다.

한국문학산책 32
고전소설 · 산문

이순신

난중일기

송창현 엮음 · 해설

지식의숲

임진년(1592년) 1월

초1일 임술(양력 2월 13일)

맑다.

새벽에 아우 여필과 조카 봉, 아들 회가 와서 이야기했다. 다만 어머니를 떠나 남쪽에서 두 번이나 설을 세니 간절한 회포를 이길 길이 없다.

병마사의 군관 이경신이 병마사의 편지와 설 선물과 장전(長箭)과 편전(片箭) 등 여러 가지 물건을 바치러 가지고 왔다.

초2일 계해(양력 2월 14일)

맑다.

나라의 제삿날임에도 공무를 보았다.

김인보와 함께 이야기했다.

초3일 갑자(양력 2월 15일)

맑다.

동헌(여수시 군자동 진남관 뒤쪽)에 나가 별방군을 점검하고 각 고을과 포구에 공문을 써 보냈다.

초4일 을축(양력 2월 16일)

맑다.

동헌에 나가 공무를 보았다.

초5일 병인(양력 2월 17일)

맑다.

동헌에 나가 공무를 보았다.

초6일 정묘(양력 2월 18일)

맑다.

동헌에 나가 공무를 보았다.

초7일 무진(양력 2월 19일)

아침에는 맑았다.

늦게부터 비와 눈이 번갈아 종일 내렸다. 조카 봉이 아산으로 갔다. 남원에서 전문(箋文)을 받들고 갈 유생이 들어왔다.

초8일 기사(양력 2월 20일)

맑다.

객사에 나갔다가 동헌에서 공무를 보았다.

초9일 경오(양력 2월 21일)

맑다.

아침밥을 일찍 먹은 다음, 동헌에 나가 전문을 봉하여 올려 보냈다.

초10일 신미(양력 2월 22일)

종일 비가 내렸다.

방답(여천군 돌산면)에 새 첨사로 이순신(방답첨사 이순신은 이름이 같은 다른 사람으로 영웅 이순신의 부하이다.)이 부임해 들어왔다.

11일 임신(양력 2월 23일)

종일 가랑비가 내렸다.

늦게야 동헌에 나가 공무를 보았다.

이봉수가 선생원(여천군 율촌면 성생원) 돌 뜨는 곳을 가 보고 와서 보고하기를 "이미 큰 돌 열일곱 덩이에 구멍을 뚫었다."고 했다. 서문 밖 해자(성 주위를 파서 물을 채운 곳)가 네 발쯤 무너졌다.

심사립과 이야기했다.

12일 계유(양력 2월 24일)

궂은비가 개이지 않는다.

식사를 한 뒤에 객사 동헌에 나갔다. 본영 및 각 포구의 진무들이 우등을 가리는 활쏘기 시합을 했다.

13일 갑술(양력 2월 25일)

아침에 흐렸다.

동헌에 나가 공무를 보았다.

14일 을해(양력 2월 26일)

맑다.

동헌에 나가 공무를 보고 난 뒤에 활을 쏘았다.

15일 병자(양력 2월 27일)

흐렸으나 비는 오지 않았다.

새벽에 망궐례(望闕禮)를 하였다.

16일 정축(양력 2월 28일)

맑다.

동헌에 나가 공무를 보았다. 각 고을의 벼슬아치와 색리(고을의 아전) 등이 인사하러 왔다.

방답의 병선을 맡은 군관들과 색리들이 그들 병선을 수리하지 않았기 때문에 곤장을 쳤다. 우후(지방 병마 사영이나 수영에 첨사 아래에 있는 무관)·가수(임시 직원)도 역시 점검하지 않아 이 지경까지 된 것이니 해괴하기 짝이 없다. 공무를 어쭙잖게 여기고, 제 몸만 살찌려 들며 이와 같이 돌보지 않으니, 앞날의 일을 알 만하다.

성 밑에 사는 박몽세는 석수인데 선생원 돌 뜨는 곳에 가서 해를 끼치고 이웃집 개에게까지 피해를 입혔으므로, 곤장 여든 대를 쳤다.

17일 무인(양력 2월 29일)

맑다.

춥기가 한겨울 같다. 아침에 순찰사와 남원의 반자(아전의 별칭)

에게 편지를 보냈다.

저녁에 쇠사슬 박을 구멍 낸 돌을 실어 오는 일로 배 네 척을 선생원으로 보냈다. 김효성이 거느리고 갔다.

18일 기묘(양력 3월 1일)

맑다.

동헌에 나가 공무를 보았다.

여도(고흥군 점암면 여호리)의 제1호선이 돌아갔다.

우등계문(優等啓聞)과 대가단자(代價單子)를 순찰사 영으로 봉하여 보냈다.

19일 경진(양력 3월 2일)

맑다.

동헌에서 공무를 본 뒤 각 군대를 점검했다.

20일 신사(양력 3월 3일)

맑으나 바람이 세게 불었다.

동헌에 나가 공무를 보았다.

21일 임오(양력 3월 4일)

맑다.

동헌에 나가 공무를 보았다. 감목관(목장의 감독관)이 와서 잤다.

22일 계미(양력 3월 5일)

맑다.

아침에 광양현감(어영담)이 와서 인사했다.

23일 갑신(양력 3월 6일)

맑다.

둘째 형 요신의 제삿날임에도 공무를 보았다.

사복시(司僕寺)에서 받아 와 기르던 말을 올려 보냈다.

24일 을유(양력 3월 7일)

맑다.

맏형 희신의 제삿날임에도 공무를 보았다.

순찰사의 답장을 보니, 고부군수 이숭고를 유임시켜 달라는 장계를 올린 것 때문에 물의를 일으켜 사직서를 냈다고 한다.

25일 병술(양력 3월 8일)

맑다.

동헌에 나가 공무를 본 뒤 활을 쏘았다.

26일 정해(양력 3월 9일)
　맑다.
　동헌에 나가 공무를 본 뒤 흥양현감(배흥립)과 순천부사(권준)
가 와서 이야기했다.

27일 무자(양력 3월 10일)
　맑다.
　오후에 광양현감이 왔다.

28일 기축(양력 3월 11일)
　맑다.
　동헌에 나가 공무를 보았다.

29일 경인(양력 3월 12일)
　맑다.
　동헌에 나가 공무를 보았다.

30일 신묘(양력 3월 13일)

흐리나 비는 오지 않았다.

첫여름같이 따뜻하다. 동헌에 나가 공무를 본 뒤 활을 쏘았다.

임진년(1592년) 2월

초1일 임진(양력 3월 14일)

새벽에 망궐례를 했다.

가랑비가 잠깐 뿌리다가 늦게야 개었다.

선창(여수시 연등동 입구)으로 나가 쓸 만한 널빤지를 고르는데, 때마침 방천 안에 몽어 떼가 밀려들어 왔기로, 그물을 쳐서 이천 마리를 잡았다. 참으로 장쾌했다.

그 길로 전선 위에 앉아서 술을 마시며 우후 이몽구와 함께 새봄의 경치를 바라보았다.

초2일 계사(양력 3월 15일)

맑다.

동헌에서 공무를 보았다.

쇠사슬을 건너 매는 데 필요한 크고 작은 돌 여든여 개를 실어 왔다.

활 열 순을 쏘았다.

초3일 갑오(양력 3월 16일)

맑다.

새벽에 우후가 각 포구의 부정 사실을 조사하는 일로 배를 타고 나갔다.

공무를 마친 뒤 활을 쏘았다.

탐라 사람이 자녀 여섯 식구를 거느리고 도망쳐 나와 금오도(여천군 남면)에 머물다 방답 경비선에 잡혔다고 심부름꾼을 보냈기로 문초를 하고서 승평(순천)으로 압송하고 공문을 써 보냈다.

저녁에 화대석 네 개를 실어 올렸다.

초4일 을미(양력 3월 17일)

맑다.

동헌에 나가 공무를 본 뒤에 북쪽 봉우리의 연대(신호대) 쌓는 곳에 오르니, 쌓은 곳이 매우 좋아 무너질 염려가 없으매 이봉수가 애썼음을 알겠다.

종일 구경하다가 저녁에야 내려와 해자 구덩이를 순시했다.

초5일 병신(양력 3월 18일)

맑다.

동헌에 나가 공무를 본 뒤 활 열여덟 순을 쏘았다.

초6일 정유(양력 3월 19일)

종일 바람이 세게 불었다.

동헌에 나가 공무를 보았다. 순찰사에게서 편지가 두 번이나 왔다.

초7일 무술(양력 3월 20일)

맑다가 바람이 세게 불었다.

동헌에 나가 공무를 보았다.

발포만호가 부임했다는 공문이 왔다.

초8일 기해(양력 3월 21일)

맑다가 또 바람이 세게 불었다.

동헌에 나가 공무를 보았다.

이날 거북함에 쓸 돛베 스물아홉 필을 받았다. 정오에 활을 쏘는데, 조이립과 변존서가 자웅을 다투다가 조이립이 졌다.

우후가 방답에서 돌아와 방답첨사가 방비에 온 정성을 다하더라고 매우 칭찬했다.

동헌 뜰에 돌기둥 화대를 세웠다.

초9일 경자(양력 3월 22일)

맑다.

새벽에 쇠사슬을 꿸 긴 나무를 베는 일로 이원룡에게 군사를 거느리게 하여 두산도(돌산도)로 보냈다.

초10일 신축(양력 3월 23일)

안개비, 개었다가 흐렸다가 했다.

동헌에 나가 공무를 보았다.

김인문이 순찰 사영에서 돌아왔다.

순찰사의 편지를 보니, 통역관들이 뇌물을 많이 받고 중원(명나라)에 무고하여 군사를 청하기까지 했을 뿐 아니라 중원에서 우리나라와 일본 사이에 무슨 딴 뜻이 있는가 의심까지 하게 했으니, 그 흉측함을 무엇이라 말할 수 없다.

통역관들이 이미 잡혔다고는 하지만, 해괴하고 분통함을 참을 수 없다.

11일 임인(양력 3월 24일)

맑다.

식사를 한 뒤에 나가 배 위에서 새로 뽑은 군사들을 점검했다.

12일 계묘(양력 3월 25일)

맑고 바람도 자다.

식사를 한 뒤에 동헌에 나가 공무를 보고서 해운대(여수시 동북쪽에 있는 작은 섬)로 자리를 옮겨 활을 쏘았다.

침렵치(沈獵雉)라는 운자(韻字)를 띄워 봤더니 너무 조용했다. 나중에 군관들도 모두 일어나 춤을 추고 조이립이 시를 읊었다.

저녁이 되어서야 돌아왔다.

13일 갑진(양력 3월 26일)

맑다.

전라우수사(이억기)의 군관이 왔기로 화살대 큰 것, 중치 백 개와 쇠 쉰 근을 보냈다.

14일 을사(양력 3월 27일)

맑다.

아산 어머니께 문안차 나장(고을이나 병마사·수사의 영문에 있는 사령) 두 명을 내어보냈다.

15일 병오(양력 3월 28일)

비바람이 매우 세다.

동헌에 나가 공무를 보았다.

새로 쌓은 해자 구덩이가 많이 무너져 석수들에게 벌을 주고
다시 쌓게 했다.

16일 정미(양력 3월 29일)

　맑다.

　동헌에 나가 공무를 본 뒤 활 여섯 순을 쏘았다.

　신구번의 군사를 점검했다.

17일 무신(양력 3월 30일)

　맑다.

　나라 제삿날임에도 공무를 보았다.

18일 기유(양력 3월 31일)

　흐렸다.

19일 경술(양력 4월 1일)

　맑다. 순찰하러 떠나 백야곶(여천군 화양면 백야도)의 감독관이
있는 곳에 이르니, 승평부사 권준이 그 아우를 데리고 와서 기다
렸다. 기생도 왔다.

　비가 온 뒤라 산의 꽃이 활짝 피어 경치가 멋져 형언키 어렵다.

저물어서야 이목구미(여천군 화양면 이목리)에 이르러 배를 타고 여도(고흥군 점암면 여호리)에 이르니 영주(고흥) 현감과 여도 권관이 마중했다.

방비를 검열하는데 흥양 현감은 내일 제일가 있다고 먼저 갔다.

20일 신해(양력 4월 2일)

맑다.

아침에 모든 방비와 전선을 점검해 보니, 모두 새로 만들었고 무기도 엔간히 완비되었다.

늦게야 떠나서 영주(고흥)에 이르니 좌우의 산의 꽃과 들가의 봄풀이 한 폭의 그림 같다. 옛날에 영주가 있다더니 역시 이와 같은 경치였던가!

21일 임자(양력 4월 3일)

맑다. 공무를 본 뒤에 주인(감영과 고을의 연락을 취하는 영저리)이 자리를 베풀어 활을 쏘았다.

조방장 정걸도 와서 보고 능성현감 황숙도도 와서 함께 술에 취했다. 배수립도 나와 함께 술잔을 나누며 즐기다가 밤이 깊어서야 헤어졌다.

신홍헌으로 하여금 술을 걸러 지난날에 심부름하던 삼반하인

(군노·사령·급창 등)들에게 나누어 먹이도록 했다.

22일 계축(양력 4월 4일)

아침에 공무를 본 뒤에 녹도로 갔다. 황숙도도 같이 갔다.

먼저 흥양 전선소에 이르러 배와 집기류를 몸소 점검했다. 그 길로 녹도로 가서 곧장 봉우리 위에 새로 쌓은 문다락으로 올라가 보니, 경치의 아름다움이 이 근방에서는 으뜸이다. 만호의 애쓴 흔적이 손닿지 않은 곳이 없다.

흥양현감과 능성현감 황숙도 및 만호와 함께 취하도록 마시고 겸하여 대포 쏘는 것도 봤다.

촛불을 밝혀 이슥해서야 헤어졌다.

23일 갑인(양력 4월 5일)

흐렸다.

늦게야 배를 타고 발포로 가는데, 맞바람이 세게 불어 배가 갈 수가 없다. 간신히 성 머리까지 이르러 배에서 내려 말을 탔다.

비가 몹시 쏟아져 일행 모두가 꽃비에 흠뻑 젖은 채로 발포로 들어가니, 해는 벌써 저물었다.

24일 을묘(양력 4월 6일)

가랑비가 온 산에 내려 지척을 헤아리지 못하겠다.

비를 무릅쓰고 길을 떠나 마북산(고흥군 포두면 마복산) 아래의 사량에 이르러 배를 타고 노질을 재촉하여 사도(고흥군 점암면 금사리)에 이르니, 흥양현감이 먼저 와 있다.

전선을 점검하고 나니, 날이 저물어 그대로 눌러 잤다.

25일 병진(양력 4월 7일)

흐렸다.

여러 가지 전쟁 방비에 탈 난 곳이 많다. 군관과 색리들에게 벌을 줬다. 첨사를 잡아들이고 교수(고을 수령 아래 벼슬아치)를 내어보냈다.

이곳의 방비가 다섯 포구 가운데 최하인데도 순찰사가 포상하라고 장계를 올렸기 때문에 죄상을 조사조차 하지 못했으니 우습다.

맞바람이 세게 불어 출항할 수가 없어서 그대로 잤다.

26일 정사(양력 4월 8일)

아침 일찍 출항하여 개이도(여천군 화정면 개도)에 이르니, 여도진의 배와 방답진의 마중하는 배가 나와서 기다렸다.

날이 저물어서야 방답에 이르러 공사례를 마치고서 무기를 점검했다. 장전과 편전은 하나도 쓸 만한 것이 없어 고민이다. 전선은 좀 온전한 편이니 기쁘다.

27일 무오(양력 4월 9일)

흐렸다.

아침에 점검을 마친 뒤에 북쪽 봉우리에 올라가 지형을 살펴보니, 깎아지른 외딴 섬인지라 사면에서 적의 공격을 받을 수 있고, 성과 해자 또한 매우 엉성하니 무척 근심이 된다. 첨사가 애쓰기는 했으나, 미처 시설을 못했으니 어찌하랴.

저녁나절에야 배를 타고 경도(여수시 경호동 대경호도)에 이르니, 여필과 조이립이 군관·우후들을 데리고 술을 싣고 마중 나왔다.

이들과 함께 마시고 즐기다 해가 넘어간 뒤에야 관청으로 돌아왔다.

28일 기미(양력 4월 10일)

흐렸으나 비는 오지 않았다.

동헌에 나가 공무를 본 뒤에 활을 쏘았다.

29일 경신(양력 4월 11일)

맑으나 바람이 세게 불었다.

동헌에 나가 공무를 보았다. 순찰사의 공문이 왔는데, 중위장을 순천부사로 고쳐 임명했다고 하니 한심하다.

임진년(1592년) 3월

초1일 신유(양력 4월 12일)

망궐례를 했다.

식사를 한 뒤에 별방군과 정규군, 하번군을 점검하고서 놓아 보냈다.

공무를 마친 뒤에 활 열 순을 쏘았다.

초2일 임술(양력 4월 13일)

흐리고 바람이 불었다.

나라 제삿날(중종 장경왕후 윤 씨 제일)임에도 공무를 보았다.

승군 일백 명이 돌을 주웠다.

초3일 계해(양력 4월 14일)

비가 저녁내 오다.

오늘은 삼짇날 명절이건만 비가 이렇게 내리니 답청도 못하겠다.

조이립 우후·군관 등과 동헌에서 이야기하며 술을 마셨다.

초4일 갑자(양력 4월 15일)

맑다.

아침에 조이립을 배웅하고 객사 대청에 나가 공무를 본 뒤에 서문 밖 해자와 성을 더 쌓는 곳을 순시했다. 승군들이 돌 줍는 것을 성실히 하지 않으므로 책임자를 잡아다가 곤장을 쳤다.

아산에 문안 갔던 나장이 돌아왔다. 어머니께서 편안하시다 하니 다행이다.

초5일 을축(양력 4월 16일)

맑다.

동헌에 나가 공무를 보았다.

군관들은 활을 쏘았다.

저물녘에 서울 갔던 진무가 돌아왔다. 좌의정 류성룡의 편지와 《증손전 수방략(增損戰守方略)》이라는 책을 가지고 왔다. 이 책을 보니 수전·육전·화공전 등 모든 싸움의 전술을 낱낱이 설명했는데, 참으로 만고의 훌륭한 책이다.

초6일 병인(양력 4월 17일)

맑다.

아침밥을 먹고 난 뒤 출근하여 군 기물을 점검했는데, 활·갑옷·투구·전통·환도 등이 깨지고 헐어진 것이 많아 색리·궁장·

감고 등을 문책했다.

초7일 정묘(양력 4월 18일)

맑다.

동헌에 나가 공무를 보고 난 뒤에 활을 쏘았다.

초8일 무진(양력 4월 19일)

종일 비가 내렸다.

초9일 기사(양력 4월 20일)

종일 비가 내렸다.

동헌에 나가 공무를 보았다.

초10일 경오(양력 4월 21일)

맑으나 바람이 불었다.

동헌에 나가 공무를 보고 난 뒤에 활을 쏘았다.

11일 신미(양력 4월 22일)

맑다.

12일 임신(양력 4월 23일)

맑다.

식사한 뒤에 배 있는 곳으로 나가 경강(여수시 봉산동)의 배를 점검했다. 다시 배를 타고 소포(여수시 종화동 종포)로 나가는데, 때마침 샛바람이 불고 격군(보조 사공)도 없어 도로 돌아왔다.

곧바로 동헌에 나가 공무를 본 뒤에 활 열 순을 쏘았다.

13일 계유(양력 4월 24일)

아침에 흐렸다.

순찰사에게서 편지가 왔다.

14일 갑술(양력 4월 25일)

종일 많은 비가 내렸다.

이른 아침에 순찰사를 만나러 순천으로 가는데, 비가 몹시 퍼부어서 길 앞을 분간할 수가 없었다. 간신히 선생원에 이르러 말에게 꼴을 먹이고서 다시 해농창평(순천시 해룡면)에 이르니, 길바닥에 물이 석 자나 괴었다. 겨우겨우 순천부에 이르렀다.

저녁에 순찰사와 격조를 터놓고 이야기했다.

15일 을해(양력 4월 26일)

흐리며 가랑비 오다가 저녁나절에 개었다.

다락 위에 앉아서 활을 쏘고, 군관들에게는 편을 갈라 활을 쏘게 했다.

16일 병자(양력 4월 27일)

맑다.

순천부사가 환선정에 술자리를 베풀었다. 겸하여 활도 쏘았다.

17일 정축(양력 4월 28일)

맑다.

새벽에 순찰사에게 작별을 고하고 선생원에 이르러 말에게 꼴을 먹인 뒤에 본영으로 돌아왔다.

18일 무인(양력 4월 29일)

맑다.

동헌에 나가 공무를 보았다.

19일 기묘(양력 4월 30일)

맑다.

동헌에 나가 공무를 보았다.

20일 경진(양력 5월 1일)

비가 몹시 쏟아졌다.

저녁나절에 동헌에 나가 공무를 보고 각 관방의 회계를 밝혔다. 순천 관내를 수색하는 일이 제 날짜에 미치지 못했기 때문에 대장·색리·도훈도 등을 문책했다.

사도첨사(김완)에게도 만날 일로 공문을 보냈는데, 혼자서 수색했다고 했다. 또 한나절 동안에 내나로도·외나로도(고흥군 봉래면)와 대평두·소평두 섬을 다 수색하고 날로 돌아왔다고 하니, 이 일은 너무도 엉터리이다.

이를 바로 잡으려는 일로 흥양과 사도첨사에게 공문을 보냈다. 몸이 몹시 불편하여 일찍 들어왔다.

21일 신사(양력 5월 2일)

맑다.

몸이 불편하여 아침내 누워 앓다가 저녁나절에 동헌에 나가 공무를 보았다.

22일 임오(양력 5월 3일)

맑다.

성 북쪽 봉우리 아래에 도랑을 파내는 일로 우후 및 군관 열 명을 나누어 보냈다.

식사한 뒤에 동헌에 나가 공무를 보았다.

23일 계미(양력 5월 4일)

아침에 흐리고 저녁나절에는 맑다.

아침밥을 먹은 뒤에 동헌에 나가 공무를 보았다.

보성에서 올 널빤지가 아직 안 들어왔기 때문에 색리에게 다시 공문을 보내어 독촉했다.

순천에서 심부름꾼을 보내온 소국진에게 곤장 여든 대를 쳤다.

순찰사가 편지를 보냈는데 보니, '발포권관은 군사를 거느릴 만한 재목이 못 되기로 갈아 치워야 하겠다.'고 하므로 아직 갈지 말고 그대로 유임하여 방비에 종사하게 해 달라고 답장을 보냈다.

24일 갑신(양력 5월 5일)

나라 제삿날(세종 소헌왕후 심 씨 제일)임에도 공무를 보았다.

우후가 수색하고 탈 없이 돌아왔다.

순찰사와 도사의 답장을 송희립이 아울러 가져왔다.

순찰사의 편지 가운데, '영남 관찰사의 편지에 대마도주(종의지)가 공문을 보냈는데, 벌써 대마도 배 한 척을 귀국(조선)에 보냈는데 만일 도착하지 않았다면 풍랑에 깨졌을 것이라고 했더라고 하였다. 이에 그 말이 매우 음흉하다. 동래에서 서로 바라보이는 바다인데 그럴 리가 만무하며, 말을 이렇게 거짓으로 꾸며 대니, 그 간사함을 헤아리기 어렵다.'라고 했다 하였다.

25일 을유(양력 5월 6일)

맑으나 바람이 세게 불었다.

동헌에 나가 공무를 본 뒤에 활 열 순을 쏘았다. 경상병마사가 평산포에 도착하지 않고 곧장 남해로 간다고 하였다.

나는 그를 만나지 못한 것이 한스럽다는 뜻으로 답장을 보냈다.

새로 쌓은 성을 순시해 보니, 남쪽이 아홉 발이나 무너져 있었다.

26일 병술(양력 5월 7일)

맑다.

우후와 송희립이 남해로 갔다.

저녁나절에 동헌에 나가 공무를 본 뒤에 활 열다섯 순을 쏘았다.

27일 정해(양력 5월 8일)

맑고 바람조차 없다.

일찍 아침밥을 먹은 뒤 배를 타고 소포(여수시 종화동 종포)에 이르러 쇠사슬을 가로질러 건너 매는 것을 감독하고, 종일 나무

기둥 세우는 것을 바라보았다. 겸하여 거북함에서 대포 쏘는 것도 시험했다.

28일 무자(양력 5월 9일)
맑다.
동헌에 나가 공무를 보았다.
활 열 순을 쏘았는데, 다섯 순은 모조리 다 맞고, 두 순은 네 번 맞고, 세 순은 세 번 맞았다.

29일 기축(양력 5월 10일)
맑다.
나라 제삿날(세조 정희왕후 윤 씨 제일)임에도 공무를 보았다.
아산 고향으로 문안 보냈던 나장이 돌아왔다.
어머니께서 편안하시다니 참으로 다행이다.

임진년(1592년) 4월

초1일 경인(양력 5월 11일)

흐렸다.

새벽에 망궐례를 했다.

공무를 본 뒤에 활 열다섯 순을 쏘았다.

별조방을 점검했다.

초2일 신묘(양력 5월 12일)

맑다.

식사를 하고 나니 몸이 몹시 불편하더니 점점 더 아파 온종일 밤새도록 신음했다.

초3일 임진(양력 5월 13일)

맑다.

기운이 어지럽고 밤새도록 고통스러웠다.

초4일 계사(양력 5월 14일)

맑다.

아침에야 비로소 겨우 통증이 가라앉았다.

초5일 갑오(양력 5월 15일)

맑다가 저녁나절에 비가 조금 내렸다.

동헌에 나가 공무를 보았다.

초6일 을미(양력 5월 16일)

맑다.

진해루로 나가 공무를 본 뒤에 군관을 시켜 활을 쏘게 했다.

아우 여필을 마중했다.

초7일 병신(양력 5월 17일)

나라 제삿날(중종 문정왕후 윤 씨 제일)임에도 공무를 보았다.

낮 열 시경에 비변사에서 비밀 공문이 왔는데, 영남관찰사와 우병마사의 장계에 의한 것이었다.

초8일 정유(양력 5월 18일)

흐리되 비는 오지 않았다.

아침에 어머니께 보낼 물건을 쌌다.

저녁나절에 여필이 떠나갔다.

객창에 홀로 앉았으니 만단의 회포가 어리어 온다.

초9일 무술(양력 5월 19일)

아침에 흐리더니 저녁나절에야 맑다.

동헌에 나가 공무를 보았다.

방응원이 방비처에 갈 공문에 관인을 찍어서 보냈다.

군관들이 활을 쏘았다.

광양현감(어영담)이 수색에 대한 일로 배를 타고 왔다가 저물어

서 돌아갔다.

초10일 기해(양력 5월 20일)

맑다.

식사를 한 뒤에 동헌에 나가 공무를 보았다.

활 열 순을 쏘았다.

11일 경자(양력 5월 21일)

아침에 흐리더니 저녁나절에 맑았다.

공무를 본 뒤에 활을 쏘았다.

순찰사(이광)의 편지와 별록을 순찰사의 군관(남한)이 가져왔다.

비로소 베로 돛을 만들었다.

12일 신축(양력 5월 22일)

맑다.

식사를 한 뒤에 배를 타고 거북함의 지자·현자 포를 쏘았다.

순찰사의 군관 남한이 살펴보고 갔다.

정오에 동헌으로 나가 활 열 순을 쏘았다.

관청으로 올라갈 때 노대석을 보았다.

13일 임인(양력 5월 23일)

맑다.

동헌에 나가 공무를 본 뒤에 활 열다섯 순을 쏘았다.

14일 계묘(양력 5월 24일)

맑다.

동헌에 나가 공무를 본 뒤에 활 열 순을 쏘았다.

15일 갑진(양력 5월 25일)

맑다.

나라 제삿날(성종 공혜왕후 한 씨 제일)임에도 공무를 보았다.

순찰사에게 보내는 답장과 별록을 써서 역졸을 시켜 보냈다.

해질 무렵에 영남우수사(원균)의 통첩에, "왜선 아흔여 척이 와

서 부산 앞 절영도(영도)에 정박했다."고 한다.

이와 동시에 또 수사(경상좌수사 박홍)의 공문이 왔다.

"왜적 삼백오십여 척이 이미 부산포 건너편에 이미 도착했다."고 한다.

그래서 즉시 장계를 올리고 겸하여 순찰사(이광)·병마사(최원)·우수사(이억기)에게도 공문을 보냈다.

영남관찰사(김수)의 공문도 왔는데, 역시 같은 내용이다.

16일 을사(양력 5월 26일)

밤 열 시쯤에 영남우수사(원균)의 공문이 왔다.

"부산진이 이미 함락되었다."고 한다.

분하고 원통함을 이길 수가 없다.

즉시로 장계를 올리고, 또 삼도에 공문을 보냈다.

17일 병오(양력 5월 27일)

흐리고 비 오더니 저녁나절에 맑았다.

영남우병마사(김성일)에게서 공문이 왔다.

"왜적이 부산을 함락시킨 뒤에 그대로 머물면서 물러가지 않는다."고 한다.

저녁나절에 활 다섯 순을 쏘았다.

번을 그대로 서는 수군(잉번=상번)과 번을 새로 드는 수군(분번
=하번)이 잇달아 방비처로 왔다.

18일 정미(양력 5월 28일)

아침에 흐렸다.

이른 아침에 동헌에 나가 공무를 보았다. 순찰사(이광)의 공문
이 왔다.

"발포권관은 이미 파직되었으니, 대리를 정하여 보내라."고 하
였다. 그래서 군관 나대용을 이날로 바로 정하여 보냈다.

낮 두 시쯤에 영남우수사의 공문이 왔다.

"동래도 함락되고, 양산(조영규)·울산(이언함) 두 군수도 조방장
으로서 성으로 들어갔다가 모두 패했다."고 한다. 정말로 통분하
여 말을 할 수가 없다.

병마사(이각)와 수사(박홍)들이 군사를 이끌고 동래 뒤쪽까지
이르렀다가 그만 즉시 회군했다고 하니 더욱 가슴 아프다.

저녁에 순천의 군사를 거느리고 온 병방이 석보창(여천군 쌍 봉
면 봉계리 석창)에 머물러 있으면서 군사들을 거느리고 오지 않았
다. 그래서 잡아 가두었다.

19일 무신(양력 5월 29일)

맑다.

아침에 품방에 해자 파는 일로 군관을 정해 보내고, 일찍이 아침밥을 먹은 뒤에 동문 위로 나가 품방 역사를 몸소 독려했다.

오후에 상격대를 순시했다. 이날 분부군(입대하러 온 군사) 칠백 명을 만나 보고 역사하는 일을 점검했다.

20일 기유(양력 5월 30일)

맑다.

동헌에 나가 공무를 보았다. 영남관찰사(김수)의 공문이 왔다.

"많은 적이 휘몰아 쳐들어오니 이를 막아 낼 수가 없고 승리한 기세가 마치 무인지경을 드는 것과 같다."고 하면서 내게 "전선을 정비하여 와서 후원해 주기를 바란다고 조정에 장계하였다."고 하였다.

21일 경술(양력 5월 31일)

맑다.

성 위에 군사를 줄지어 서도록 과녁 터에 앉아서 명령을 내렸다.

오후에 순천부사(권준)가 달려와서 약속을 듣고 갔다.

22일 신해(양력 6월 1일)

새벽에 정찰도 하고 부정 사실도 조사할 일로 군관을 내어 보냈다.

배응록은 절갑도(고흥군 금산면 거금도)로 가고, 송일성은 금오도(여천군 남면 금오도)로 갔다.

또 이경복·송한련·김인문 등으로 하여금 두산도(여천군 돌산도)의 적대목(敵臺木)을 실어 내리는 일로 각각 군인 쉰 명씩을 데리고 가게 하고 나머지 군인들은 품방에서 역사를 시켰다.

26일 을묘 (양력 6월 5일)

〈장계에서〉

이달 이십일 성첩한 좌부승지(민준)의 서장이 왔다.

"물길을 따라 적선을 요격하여 적들로 하여금 뒤를 돌아보게 하는 것이 가장 좋은 방책이다. 그래서 경상도 순변사 이일이 내려갈 때, 이미 일러 보냈는데, 다만 군사상 진퇴하는 것은 반드시 기회를 보아 시행하여야만 그르침이 없는 것이다. 따라서 마땅히 먼저 적선의 많고 적음과 지나가는 섬 사이에 적병이 있나 없나를 살펴본 뒤에 나아감이 좋을 것이다. 그러나 이같이 신중을 기하는 것이 매우 좋은 방책이지만, 만일 형세가 유리한데도 시행해야 할 것을 시행하지 않으면 기회를 크게 놓치게 되는 바, 조정은 멀리서 지휘할 수 없으니 도내에 있는 주장의 판단에 맡길 따름이

다. 본도는 이미 이 뜻을 알렸으니 경상도에는 공문을 보내어 서
로 의논하고 기회를 보아 조치하도록 하라."고 하였다.

그러나 나는 일개의 주장으로서 마음대로 처리하기 어려우므
로 겸관찰사 이광·방어사 곽영·병마절도사 최원 등에게도 분부
한 사연을 낱낱이 알렸으며, 한편 경상도 순변사 이일과 겸관찰
사 김수·우수사 원균 등에게는 "그 도의 물길 사정과 두 도의 수
군이 모처에 모이기로 약속하는 내용과 더불어 적선의 많고 적
음과 현재 정박해 있는 곳과 그 밖의 대책에 응할 여러 가지 기밀
을 모두 급히 회답해 달라."고 통고하고, 각 관포에도 "전쟁 기구
와 여러 가지 비품을 다시 철저히 정비하여 명령을 기다리라."고
공문을 돌렸다.

27일 병진(양력 6월 6일)

〈장계에서〉

이달 이십삼일 성첩된 좌부승지의 서장이 보낸 편지를 새벽 네
시쯤에 선전관 조명이 가져왔다.

"왜적들이 이미 부산과 동래를 함락하고 또 밀양에 들어왔다
는데, 이제 경상우수사 원균의 장계를 보았더니, '각 포구의 수군
을 이끌고 바다로 나가 군사의 위세를 뽐내고 적선을 엄습할 계
획이다.'고 하니, 이는 가장 좋은 기회이므로 마땅히 그 뒤를 따라

나가야 할 것이다. 그대가 원균과 합세하여 적선을 쳐부순다면 적을 평정시킬 것조차도 없을 것이다. 그러므로 선전관을 급히 보내어 이르노니, 그대는 각 포구의 병선들을 거느리고 급히 출전하여 기회를 놓치지 말도록 하라. 그러나 천 리 밖에 있으므로 혹시 뜻밖의 일이 있을 것 같으면 그대의 판단대로 하고 너무 명령에 거리끼지는 말라."고 하였다.

이 말대로라면, 왜적들은 침입한 지 오래되어 반드시 지쳐서 사기가 떨어지고 가진 전비품도 거의 없어졌을 것이니, 왜적들을 꼭 이때에 막아 내야 하겠거니와 다만 앞뒤 적선의 척수가 오백여 척 이상이라 하므로 우리의 위세를 불가불 엄하게 갖추어 엄습할 모습을 보여서 적으로 하여금 겁내고 떨도록 해야 하겠다. 그래서 수군에 소속된 방답·사도·여도·발포·녹도 등 다섯 개 진포의 전선만으로는 세력이 심히 고약하기 때문에 수군이 편성되어 있는 순천·광양·낙안·흥양·보성 등 다섯 개 고을에도 아울러 방략에 의해서 거느리고 갈 예정으로 처음에는 경상도로 출전하면 해로를 지나게 되는 "본영 앞바다로 일제히 도착하라."고 급히 통고하였다. 그러나 출전할 기일이 급한 데다 수군의 여러 장수 중에 보성 및 녹도 등지는 삼일이나 걸리는 먼 거리에 있기 때문에 통고하여 불러 모은다 해도 그곳 수군은 쉽게 모일 수 없어 반드시 기일을 지키지 못할 것 같으므로, 그 밖의 여러 장수만이라도 모두 이달 이십구일 본영 앞바다에 모이게 하여 거듭 약속을 밝힌 뒤에 즉시 경상도로 출전하기로 했다.

그러나 풍세의 순역을 미리 생각하여 어렵게 되면 형편에 따라서 빨리 출전하려고 하는 바, 경상도 순변사(이일)·겸관찰사(김수)·우수사 등에게도 공문을 보내어 약속하였음을 장계 올렸다.

29일 무오(양력 6월 8일)

〈장계에서〉

정오에 경상우수사 원균의 회답 공문이 왔다.

"적산 오백여 척이 부산·김해·양산·명지도 등지에 정박하고, 제 맘대로 상륙하여 연해변의 각 관포와 병영 및 수영을 거의 다 점령하였으며, 봉화불이 끊어졌으니 매우 통분하다. 본도(경상우도)의 수군을 뽑아내어 적선을 추격하여 열 척을 쳐부수었으나, 나날이 병마사를 끌어들인 적세는 더욱 성해져서 적은 많은 데다 우리는 적기 때문에 적을 맞아 싸울 수 없어서 본영(경상우수영)도 이미 함락되었다. 귀도(전라좌도)의 군사와 전선을 남김없이 뽑아내어 당포 앞바다로 급히 나와야 하겠다."는 내용이었다.

그래서 소속 수군으로, 중위장에 방답첨사 이순신, 좌부장에 낙안군수 신호, 전부장에 흥양현감 배흥립, 중부장에 광양현감 어영담, 유군장에 발포가장·영군관·훈련봉사 나대용, 우부장에 보성군수 김득광, 후부장에 녹도만호 정운, 좌척후장에 여도만호 김인영, 우척후장에 사도첨사 김완, 한후장에 영군관·급제 최대성, 참퇴장에 영군관·급제 배응록, 돌격장에 영군관 이언량 등을 모두 배치하고 거듭 약속을 명확히 하였다.

선봉장은 우수사 원균과 약속할 때 그 도의 변장으로서 임명할 계획이며, 본영은 우후 이몽구를 유진장으로 임명하고, 방답·사도·여도·녹도·발포 등의 다섯 개 포구에는 담략이 있는 이를 가장으로 임명하여 엄중히 훈계하여 보냈다.

나는 수군의 여러 장수를 거느리고 사월 삼십일 새벽 네 시에 출전할 예정으로 경상우도 남해현 미조항과 상주포·곡포·평산포 등 네 개 진영이 이미 거듭 들어왔으므로 그 현령·첨사·만호 등이 "당일 군사와 병선을 정비하여 길 중간까지 나와서 대기하라."고 새벽에 공문을 만들어 사람을 달려 보냈다. 낮 두 시경 본영의 진무이고 순천 수군인 이언호가 급히 돌아와서 보고했다.

"남해현 성안의 관청 건물과 여염집들은 거의 비었고, 집안에서 밥 짓는 연기마저 별로 나지 않으며, 창고의 문은 이미 열려 곡물은 흩어진 채로 있고 무기고의 병기마저 모두 없어지고 비어 있는데, 마침 무기고의 행랑채에 한 사람이 있기에 그 이유를 물어보니, '적의 세력이 급박해지자 온 성안의 사졸들이 소문만 듣고 달아났으며, 현령과 첨사도 따라 도망하여 간 곳을 알 수 없다.'고

대답하므로, 돌아오다가 또 한 사람을 보았는데, 쌀섬을 진 채 장전을 가지고 남문 밖에서 달려 나오다가 장전의 일부를 소인에게 주는 것이다.”고 하였다.

그래서 그 장전을 살펴보니, ‘곡포(曲浦)’라고 새긴 것이 분명하며, ‘성을 비우고 달아났다.’는 말이 그럴듯하다. 그러나 하인들이 보고하는 말을 그대로 믿기 어려워서 군관 송한련에게 “이 말이 사실과 같다면 적의 군량을 쌓아 주는 격이 되고, 점점 본도(전라좌도)로 침입하여 오래 머물며 물러가지 않을 것이므로 그 창고와 무기고 등을 불살라 없애라.”고 전령하여 급히 달려 보냈다. 대체로 보아 흉악한 적의 세력이 커져 부대를 나누어 도적질을 하는데, 한 부대는 육지 안으로 향하여 먼 곳까지 석권하고, 한 부대는 연해안으로 향하여 닥치는 대로 함락하고 있으나, 육지나 바다의 여러 장수가 한 사람도 막아 싸우지 못하여 벌써 적의 소굴이 되어 버렸고, 바다의 진영으로서도 남은 것이라고는 오직 우수영과 남해의 평산포 등 네 개의 진영뿐이지만, 이제 들으니 우수영마저도 함락되었고, 남해의 온 섬들은 벌써 무인지경이 되었다고 하는 바, 이른바 우수영은 내가 지키는 진영과 일해상접이고, 남해는 북소리와 나팔소리가 서로 들리고 앉은 사람의 모양마저 똑똑히 세어 볼 수 있는 가까운 곳이다.

그러므로 본도로 침범해 올 시기가 곧 박두하였으니 매우 한심

할 뿐 아니라, 본도 내의 육지와 연해안 각 고을과 변두리의 성을 방어함에 있어서 새로 뽑은 조방군 등 정예의 사졸은 모두 육전으로 나가고 변두리에 남은 진보에는 병기를 가진 사람조차 너무 적어 다만 맨손으로 모인 수군을 거느리게 되므로 그 세력이 매우 약하여 달리 방어할 대책이 없다. 뿐만 아니라 수군의 중위장이며 순천부사인 권준도 바다로 나가 사변에 대비하다가 관찰사의 전령으로 전주로 달려갔다.

더구나 오랫동안 임지에 있던 자들은 뜬소문만 듣고서도 가족을 데리고 짐을 지고 길가에 잇달았으며, 혹은 밤을 이용하여 도망하고 혹은 틈을 타서 이사하는데, 본영의 수졸과 본고장 사람들 사이에도 또한 이 같은 무리가 있으므로 그 길목에 포망장(도망자 잡는 장수)을 보내어 도망자 두 명을 찾아내어 우선 목을 베어 군중에 효시하여 군사들의 공포심을 진정시켰거니와 "경상도를 구원하러 출전하라."는 분부가 이같이 정녕할 뿐 아니라 나도 그 소식을 듣고 분노가 가슴에 서리고 쓰라림이 뼛속에 사무쳐 한 번 적의 소굴을 무찔러 나라를 위해 몸을 바치려는 충곡이 자나 깨나 간절하여 수군을 거느리고 우수사와 함께 합력하여 무찔러서 적의 무리를 섬멸할 것을 기약하였다.

그런데 남해에 첨입된 평산포 등 네 개 진영의 진장과 현령 등이 왜적들의 얼굴을 보지 아니하고 먼저 도피하였으므로, 나는 남의 도의 군사이니 그 도의 물길이 험하고 평탄한 것도 알 수 없고 물길을 인도할 배도 없으며, 또 작전을 상의할 장수도 없는데, 경솔하게 행동한다는 것은 천만뜻밖의 실패도 없지 않을 것이다. 소속 전함을 모두 합해 봐야 삼십 척 미만으로서 세력이 매우 고약하기 때문에 겸관찰사 이광도 이미 이 실정을 알고 전라우수사(이억기)에게 명령하여 "소속 수군을 신의 뒤를 따라서 힘을 모아 구원하도록 하라."고 하였다. 그래서 일이 매우 급하더라도 반드시 구원선이 다 도착되는 것을 기다려서 약속한 연후에 발선하여 바로 경상도로 출전해야 하겠다. 흉하고 더러운 무리들이 벌써 새재를 넘어 서울을 육박하게 되어 본도의 겸관찰사가 홀로 분발하여 많은 군사를 거느리고 곧 서울로 향하여 왕실을 보호할 계획이라 하는 바, 이 말을 듣고 흐르는 눈물을 가누지 못하고 칼을 어루만지며 혀를 차면서 탄식하고, 또 여러 장수를 거느리고 서울로 달려가 먼저 육지 안으로 들어간 적을 없애고자 하니, 국경을 지키는 신하의 몸으로서 함부로 하기 어려워 부질없이 답답한 채 분함을 참고 스스로 녹이며 엎드려 조정의 명령을 기다린다.

내 어리석은 생각으로는 오늘날 적의 세력이 이와 같이 왕성하여 우리를 업신여기는 것은 모두 해전으로써 막아 내지 못하고 적을 마음대로 상륙하게 하였기 때문이다. 그런데 경상도 연해안 고을에는 깊은 도랑과 높은 성으로 든든한 곳이 많은데, 성을 지키던 비겁한 군졸들이 소문만 듣고 간담이 떨려 모두 도망갈 생각만 품었기 때문에 적들이 포위하면 반드시 함락되어 온전한 성이라고는 하나도 없다.

지난번 부산 및 동래의 연해안 여러 장수만 하더라도 배들을 잘 정비하여 바다에 가득 진을 치고 엄습할 위세를 보이면서 정세를 보아 전선을 알맞게 병법대로 진퇴하여 적을 육지로 기어오르지 못하도록 했더라면 나라를 욕되게 한 환란이 반드시 이렇게까지는 되지 않았을 것이다.

생각이 이에 미치니 분함을 더 참을 수 없다. 이제 한 번 죽을 것을 기약하고 곧 범의 굴로 바로 두들겨 요망한 적을 소탕하여 나라의 수치를 만에 하나라도 씻으려 하는 바, 성공하고 안 하고, 잘 되고 못 되고는 내 미리 생각할 바가 아니리라.

30일 기미(양력 6월 9일)
〈장계에서〉
낮 두 시경에 전날 쓴 일을 장계로 써 올렸다.

임진년(1592년) 5월

초1일 경신(양력 6월 10일)

수군이 모두 앞바다에 모였다.

이날은 흐리되 비는 오지 않고 마파람만 세게 불었다.

진해루에 앉아서 방답첨사(이순신)·흥양현감(배흥립)·녹도만
호(정운) 등을 불러들이니, 모두 분격하여 제 한 몸을 잊어버리는
모습이 실로 의사들이라 할 만하다.

초2일 신유(양력 6월 11일)

맑다.

겸 삼도순변사의 공문과 우수사의 공문이 도착했다.

송한련이 남해에서 돌아와서 하는 말이, "남해현령(기효근)·미
조 항첨사(김승룡)·상주포·곡포·평산포만호(김축) 등이 하나같
이 왜적의 소식을 듣고는 벌써 달아나 버렸고, 군 기물 등도 흩어
없어져 남은 것이 거의 없다."고 한다. 놀랍고도 놀랄 일이다.

오정 때에 배를 타고 바다로 나가 진을 치고, 장수들과 약속을
하니, 모두 기꺼이 나가 싸울 뜻을 가졌으나, 낙안군수만은 피하
려는 뜻을 가진 것 같으니, 한탄스럽다. 그러나 군법이 있으니, 비

록 물러나 피하려 한들 그게 될 법한 일인가. 저녁에 방답의 첩입선(첩입된 지역을 왕래·연락하는 배) 세 척이 돌아와 앞바다에 정박했다.

비변사에서 세 어른의 명령이 내려왔다.

창평현령이 부임하였다는 공문을 와서 바쳤다.

저녁에 군호를 용호(龍虎)라 하고, 복병을 수산(水山)이라 하였다.

초 3일 임술(양력 6월 12일)

가랑비가 아침내 내렸다.

경상우수사의 회답 편지가 새벽에 왔다.

오후에 광양과 흥양현감을 불러 함께 이야기하던 중 모두 분한 마음을 나타냈다.

전라우수사가 수군을 끌고 와서 같이 약속하고서 방답의 판옥선이 첩입군을 싣고 오는 것을 우수사가 온다고 기뻐하였으나, 군관을 보내어 알아보니 그건 방답의 배였다. 실망하였다.

그러나 조금 뒤에 녹도만호가 보자고 하기에 불러들여 물었더니, 우수사는 오지 않고 왜적은 점점 서울 가까이 다가가니 통분한 마음 이길 길 없거니와 만약 기회를 늦추다가는 후회해도 소용없다는 것이었다. 이 때문에 곧 중위장(이순신)을 불러 내일 새벽에 떠날 것을 약속하고 장계를 고쳤다.

이날 여도수군 황옥천이 왜적의 소리를 듣고 달아났다. 자기 집에서 잡아 와서 목을 베어 군중 앞에 높이 매달았다.

초4일 계해(양력 6월 13일)

맑다.

먼동이 틀 때에 출항했다. 곧바로 미조항(남해군 미조면 미조리) 앞바다에 이르러 다시 약속했다. 우척후·우부장·중부장·후부장 등은 오른편에서 개이도(여천군 화정면 개도)로 들어가서 찾아치게 하고 나머지 대장선들은 아울러 평산포·곡포·상주포·미조항을 지나갔다.

(이 뒤로 28일까지 빠짐)

29일 무자(양력 7월 8일)

우수사(이억기)가 오지 않으므로 홀로 여러 장수를 거느리고 새벽에 출항하여 곧장 노량에 이르니, 경상우수사 원균은 미리 약속한 곳에 와서 만나 그와 함께 상의했다. 왜적이 머물러 있는 곳을 물으니, "왜적들은 지금 사천선창에 있다."고 한다. 바로 거기로 가 보았더니 왜놈들은 벌써 뭍으로 올라가서 산 위에 진을 치고 배는 그 산 아래에 줄지어 매어 놓고 항전하는 태세가 재빨리

튼튼해졌다.

　나는 장수들을 독려하여 일제히 달려들며 화살을 비 퍼붓듯이 쏘고, 각종 총포들을 우레같이 쏘아 대니, 적들이 무서워서 물러나는데, 화살을 맞은 자를 헤아릴 수 없을 정도이고, 왜적의 머리를 벤 것만도 많지만, 이 싸움에 군관 나대용이 탄환에 맞았고, 나도 왼쪽 어깨 위에 탄환을 맞아 등을 관통하였으나, 중상은 아니었다. 활꾼과 격군 중에서 탄환을 맞은 사람 또한 많았다.

　적선 열세 척을 불태워 버리고 물러나 머물렀다.

임진년(1592년) 6월

초1일 기축(양력 7월 9일)

맑다.

사량도(통영시 사량면 금평리) 뒷바다에서 진을 치고 밤을 지냈다.

초2일 경인(양력 7월 10일)

맑다.

아침에 떠나 곧장 당포 선창에 이르니, 적선 스무여 척이 줄지어 머물러 있다. 둘러싸고 싸우는데, 적선 중에 큰 배 한 척은 우리나라 판옥선만하다. 배 위에 다락이 있는데, 높이가 두 길은 되겠고, 그 누각 위에는 왜장이 떡 버티고 우뚝 앉아 끄덕도 아니하였다.

또 편전과 대·중·승자 총통으로 비 오듯 마구 쏘아 대니, 적장이 화살을 맞고 떨어졌다. 그러자 왜적들은 한꺼번에 놀라 흩어졌다. 여러 장졸이 일제히 모여들어 쏘아 대니, 화살에 맞아 거꾸러지는 자가 얼마인지 헤아릴 수도 없다. 모조리 섬멸하고 한 놈도 남겨 두지 않았다.

얼마 뒤에 왜놈의 큰 배 스무여 척이 부산에서부터 깔려 들어

오다가 우리 군사들을 바라보고서는 개도(介島, 통영시 산양면 추도, 싸리섬)로 뺑소니치며 들어가 버렸다.

초3일 신묘(양력 7월 11일)

맑다.

아침에 다시 장수들을 격려하여 개도를 협공하였으나, 이미 달아나 버려 사방에는 한 놈도 없었다.

고성 등지로 가고자 했으나, 아군의 형세가 외롭고 약하기 때문에 울분을 참으면서 머물러 밤을 지냈다.

수군을 거느리고 돛을 달고서 왔다. 장병들이 기뻐 날뛰지 않는 이가 없었다.

내일 군사를 합치기로 약속하고 ○○에서 잤다.

초4일 임진(양력 7월 12일)

맑다.

우수사(이억기)가 오기를 목을 빼고 기다리면서, 어슬렁거리며 형세를 관망하고 대책을 결정짓지 못하고 있는데, 정오가 되니 우수사가 장수들을 거느리고 돛을 올리고서 왔다. 진중의 장병들이 기뻐서 날뛰지 않는 이가 없었다.

군사를 합치고 약속을 거듭한 뒤에 착포량(통영시 당동 착량)에서 밤을 지냈다.

초5일 계사(양력 7월 13일)

아침에 출항하여 고성 땅 당항포에 이르니, 왜놈의 배 한 척이 판옥선과 같이 큰데, 배 위에 누각이 높고 그 위에 적장이 앉아서, 중선 열두 척과 소선 스무 척을 거느렸다.

한꺼번에 쳐서 깨뜨리니, 활을 맞은 자가 부지기수요, 왜장의 모가지도 일곱 급이나 베었다. 나머지 왜놈들은 뭍으로 내려가 즉시로 달아났다.

그래 봤자 나머지 수는 얼마 되지 않았다. 우리 군사의 기세를 크게 떨쳤다.

초6일 갑오(양력 7월 14일)

맑다.

적선의 동정을 살피며, 거기서 그대로 잤다.

초7일 을미(양력 7월 15일)

맑다.

아침에 출항하여 영등 앞바다에 이르니, 적선이 율포에 있다고 했다. 복병선으로 하여금 탐지케 했더니, 적선 다섯 척이 먼저 우리 군사가 오는 것을 알고 남쪽 넓은 바다로 달아나는데, 우리나라 배들이 일제히 쫓아가 사도첨사 김완이 한 척을 온전히 잡고, 우후도 한 척을 온전히 잡고, 녹도만호 정운도 한 척을 온전히 잡으니, 모두 왜적의 머리가 서른여섯 개이다.

초8일 병신(양력 7월 16일)

맑다.

우수사(이억기)와 함께 의논하면서 바다 가운데에서 머물러 지냈다.

초9일 정유 (양력 7월 17일)

맑다.

곧장 천성·가덕에 이르니, 왜적이 하나도 없다. 두세 번 수색하고 나서, 군사를 돌려 당포로 돌아와 밤을 지냈다.

새벽도 되기 전에 배를 출항하여 미조항 앞바다에 이르러 우수사(이억기)와 이야기하였다.

초10일 무술(양력 7월 18일)

맑았다.

초4일 신유(양력 8월 10일)

〈장계에서〉

떼를 지어 출몰하는 적을 맞이하여 낱낱이 무찌르고자 서로 공문을 돌려서 약속하며 배를 정비하고, 경상도의 적세를 탐문하였는데, "가덕·거제 등지에 왜선이 혹 열여 척, 혹은 서른여 척이 떼를 지어 출몰한다."고 할 뿐 아니라, 본도 금산(나주시 금성동) 지경에도 적세가 크게 뻗치었는 바, 수륙으로 나누어 침범한 적들이 곳곳에서 불길같이 일어나건만, 한 번도 적을 맞아 싸운 적이 없어서 깊이 침범하게 되었으므로 처음에 전라우수사와 모이기로 약속한 오늘 저녁때에 약속한 그 장소에 도착하였다.

초5일 계해(양력 8월 11일)

〈장계에서〉

서로 약속하다.

초6일 임술(양력 8월 12일)

〈장계에서〉

함대를 거느리고 일시에 출항하여 곤양과 남해의 경계인 노량에 도착하니, 경상우수사가 파손된 것을 수리한 전선 일곱 척을 거느리고 그곳에 머물고 있었다.

그래서 바다 가운데서 같이 만나 재삼 약속하고 진주 땅 창신도에 이르자, 날이 저물어 밤을 지냈다.

초7일 갑자(양력 8월 13일)

〈장계에서〉

샛바람이 세게 불어 항해하기 어려웠다.

고성 땅 당포에 이르자, 날이 저물어서 나무하고 물 긷고 있을 때, 피란하여 산으로 올랐던 그 섬의 목동 김천손이 우리 함대를 바라보고는 급히 달려와서 말하였다.

"적의 대·중·소선을 합하여 일흔여 척이 오늘 낮 두 시쯤 영등포 앞바다에서 거제와 고성의 경계인 견내량에 이르러 머무르고 있다."고 하므로 다시금 여러 장수에게 신칙하였다.

초8일 을축(양력 8월 14일)

〈장계에서〉

이른 아침에 적선이 머물러 있는 곳(견내량)으로 항해했다. 한 바다에 이르러 바라보니, 왜의 대선 한 척과 중선 한 척이 선봉으로 나와서 우리 함대를 몰래 보고서는 도로 진치고 있는 곳으로 들어갔다. 그래서 뒤쫓아 들어가니, 대선 서른여섯 척과 중선 스물네 척, 소선 열세 척(모두 일흔세 척)이 대열을 벌려서 정박하고 있었다.

그런데 견내량의 지형이 매우 좁고, 또 암초가 많아서 판옥전선은 서로 부딪치게 될 것 같아서 싸움하기가 곤란했다. 그리고 왜적은 만약 형세가 불리하게 되면 기슭을 타고 뭍으로 올라갈 것이므로 한산도 바다 가운데로 유인하여 모조리 잡아 버릴 계획을 세웠다. 한산도는 사방으로 헤엄쳐 나갈 길이 없고, 적이 비록 뭍으로 오르더라도 틀림없이 굶어 죽게 될 것이므로 먼저 판옥선 대여섯 척으로 먼저 나온 적을 뒤쫓아서 엄습할 기세를 보이게 하니, 적선들이 일시에 돛을 올려서 쫓아 나오므로 우리 배는 거짓으로 물러나면서 돌아 나오자, 왜적들도 따라 나왔다.

그때야 장수들에게 명령하여 '학익진'을 펼쳐 일시에 진격하여 각각 지자·현자·승자 등의 총통들을 쏘아서 먼저 두세 척을 깨뜨리자, 여러 배의 왜적들은 사기가 꺾이어 물러나므로 여러 장수와 군사와 관리들이 승리한 기세로 흥분하며, 앞다투어 돌진하면서 화살과 화전을 잇달아 쏘아 대니 그 형세가 마치 바람 같고 우레 같아, 적의 배를 불태우고 적을 사살하기를 일시에 다 해치워 버렸다.

순천부사 권준이 제 몸을 잊고 돌진하여 먼저 왜의 층각대선 한 척을 쳐부수어 바다 가운데서 온전히 잡아 왜장을 비롯하여 머리 열 급을 베고 우리나라 남자 한 명을 산 채로 빼앗았다.

광양현감 어영담도 먼저 돌진하여 왜의 층각대선 한 척을 쳐부수어 바다 가운데서 온전히 잡아 왜장을 쏘아 맞혀서 내 배로 묶어 왔는데, 문초하기 전에 화살을 맞은 것이 중상이고 말이 통하지 않으므로 즉시 목을 베었으며, 다른 왜적을 비롯하여 머리 열두 급을 베고, 우리나라 사람 한 명을 산 채로 빼앗았다.

사도첨사 김완은 왜 대선 한 척을 쳐부수어 바다 가운데서 온전히 잡아 왜장을 비롯하여 머리 열여섯 급을 베었고, 현양현감 배흥립이 왜 대선 한 척을 쳐부수어 바다 가운데서 온전히 잡아 머리 여덟 급을 베고 또 많이 익사시켰다.

방답첨사 이순신은 왜 대선 한 척을 쳐부수어 바다 가운데서 온전히 잡아 머리 네 급을 베었는데 다만 사살하기에만 힘쓰고 머리를 베는 일에는 힘쓰지 않았을 뿐 아니라 또 두 척을 쫓아가서 쳐부수어 일시에 불태웠다.

좌돌격장 급제 이기남은 왜 대선 한 척을 쳐부수어 바다 가운데서 잡아 머리 일곱 급을 베었으며, 좌별도장 본영 군관 전 만호 윤사공과 가안책 등은 층각선 두 척을 바다 가운데서 온전히 잡아 머리 여섯 급을 베었다.

낙안군수 신호는 왜 대선 한 척을 쳐부수어 바다 가운데서 온전히 잡아 머리 일곱 급을 베었으며, 녹도만호 정운은 층각대선 두 척을 총통으로 뚫자 여러 전선이 협공하여 불태우고 머리 세 급을 베고 우리나라 사람 두 명을 산 채로 빼앗았다.

여도만호 김인영은 왜 대선 한 척을 쳐부수어 바다 가운데서 온전히 잡아 머리 세 급을 베었고, 발포만호 황정록은 층각선 한 척을 쳐부수자 여러 전선이 협공하여 힘을 모아 불태우고 머리 두 급을 베었다.

우별도장 전 만호 송응민은 머리 두 급을 베었고, 흥양통장 전 현감 최천보는 머리 세 급을 베었고, 참퇴장 전 첨사 이응화는 머리 한 급을 베었고, 우돌격장 급제 박이량은 머리 한 급을 베었고, 내가 타고 있는 배에서 머리 다섯 급을 베었고, 유군일령장 손윤문은 왜의 소선 두 척에 총을 쏘고 산 위에까지 추격하였으며, 오령장 전 봉사 최도전은 우리나라 소년 세 명을 산 채로 빼앗았다.

그 나머지의 왜 대선 스무 척, 중선 열일곱 척, 소선 다섯 척 등은 좌도와 우도의 여러 장수가 힘을 모아 부수고 불태우니 화살을 맞고 물에 빠져 죽은 자는 그 수를 헤아릴 수가 없었다.

그리고 왜놈 사백여 명은 형세가 아주 불리하고 힘이 다 되었는지 스스로 도망가기 어려운 줄 알고, 한산도에서 배를 버리고 뭍으로 올라갔으며, 그 나머지 대선 한 척·중선 일곱 척·소선 여섯 척 등은 접전할 때 뒤처져 있다가 멀리서 배를 불태우며 목 베어 죽이는 꼴을 바라보고는 노를 재촉하여 도망해 버렸으나, 종일 접전한 탓으로 장수와 군사들이 노곤하고 날도 땅거미가 져 어둑어둑하므로 끝까지 추격할 수 없어서 견내량 내항에서 진을 치고 밤을 지냈다.

초9일 병인(양력 8월 15일)

〈장계에서〉

가덕으로 향하려는데, "안골포에 왜선 마흔여 척이 정박해 있다."고 탐망군이 보고했다.

즉시 전라우수사 및 경상우수사와 함께 적을 토멸할 계책을 상의한 바, 이날은 날이 이미 저물고 맞바람이 세게 불어 항해하여 앞으로 나갈 수 없으므로 거제 땅 온천도(거제도 하청면 칠천도)에서 밤을 지냈다.

초10일 정묘(양력 8월 16일)

〈장계에서〉

새벽에 출항하여 "전라우수사는 안골포 밖의 가덕 변두리에 진치고 있다가, 우리가 만일 접전하면 복병을 남겨 두고 급히 달려오라.”고 약속하고, 나는 함대를 이끌고 ‘학익진’을 형성하여 먼저 진격하고, 경상우수사는 내 뒤를 따르게 하여 안골포에 이르러 선창을 바라보니, 왜 대선 스물한 척·중선 열다섯 척·소선 여섯 척(모두 마흔두 척)이 머물고 있었다.

그중 삼 층으로 방이 마련된 대선 한 척과 이층으로 된 대선 두 척이 포구에서 밖을 향하여 물에 떠 있었고, 나머지는 고기비늘처럼 줄지어 정박하고 있었다. 그런데 포구의 지세가 좁고 얕아서 조수가 물러나면 뭍이 드러날 것이고 판옥대선으로는 쉽게 드나들 수 없으므로 여러 번 유인해 내려고 하였으나 그들의 선운선(先運船) 쉰아홉 척을 한산도 바다 가운데로 유인하여 남김없이 불태우고 목을 베었기 때문에 형세가 궁해지면 뭍으로 내려갈 계획으로 험한 곳에 배를 매어 둔 채 두려워 겁내어 나오지 않았다.

그래서 할 수 없이 여러 장수에게 명령하여 서로 교대로 드나들면서 천자·지자·현자 총통과 여러 총통뿐 아니라 장전과 편전 등을 빗발같이 쏘아 맞히고 있을 적에, 전라우수사가 장수를 정하여 복병시켜 둔 뒤 급히 달려와서 협공하니, 군세가 더욱 강해져서 삼 층방 대선과 이 층방 대선을 타고 있던 왜적들은 거의 다 사상하였다.

그런데 왜적들은 사상한 자를 낱낱이 끌어내어 소선으로 실어내고, 다른 배의 왜적들을 소선에 옮겨 실어 층각대선으로 모아

들였다.

이렇게 종일토록 하여 그 배들을 거의 다 깨부수자, 살아남은 왜적들은 모두 뭍으로 올라갔는데, 뭍으로 간 왜적들을 다 사로 잡지는 못했다.

그러나 그곳 백성들이 산골에 잠복해 있는 자가 무척 많은데, 그 배들을 모조리 불태워 궁지에 몰린 도적이 되게 한다면, 잠복해 있는 그 백성들이 오히려 비참한 살륙을 면치 못할 것이다. 그래서 잠깐 일 리쯤 물러 나와 밤을 지냈다.

11일 무진(양력 8월 17일)

〈장계에서〉

새벽에 다시 돌아와 포위해 보았으나, 왜적들이 허둥지둥 당황하여 닻줄을 끊고 밤을 틈타 도망갔으므로 전일 싸움하던 곳을 탐색해 보니, 전사한 왜적들을 열두 곳에 모아 놓고 불태웠는데, 거의 타다 남은 뼈다귀와 손발들이 흩어져 있고, 그 포구 안팎에는 흘린 피가 땅바닥에 그득하여 곳곳이 붉은 빛인 것으로 보아도 알 수 있듯이 도적들의 사상자를 이루 헤아릴 수가 없었다.

낮 열 시쯤 양산강과 김해 포구 및 감동 포구를 모두 수색하였으나, 왜적의 그림자는 전혀 없다. 그래서 가덕 바깥에서부터 동래 몰운대에 이르기까지 배를 늘여 세워 진을 치게 하고, 군대의 위세를 엄하게 보이게 한 다음 "적의 많고 적음을 탐망해서 보고 하라."고 가덕도 응봉과 김해의 금단곶 연대 등지로 탐망군을 정하여 보냈는데, 밤 여덟 시쯤에 그 탐망군인 경상우수영 수군 허수광이 와서 보고했다.

"연대에서 탐망하려고 올라갈 때, 산봉우리 아래 작은 암자에 한 늙은 중이 있기에 같이 연대로 올라가서 양산과 김해의 두 강의 으슥한 곳과 그 두 고을 쪽을 바라보니, 적선이 나뉘어 정박해 있는 수는 거의 백여 척쯤 되는데, 그 늙은 중에게 적선의 동정을 물었더니, 대답하는 말이 '날마다 쉰여 척이 떼를 지어 드나들며, 십일일 본토에서 그 강으로 들어왔다가 어제 안골포 접전 때, 포 쏘는 소리를 듣고는 간밤에 거의 다 도망가고 다만 백여 척이 남아 있는 것이다.'고 하였다. 왜놈들이 너무 두려워서 도망친 꼴을 짐작할 수 있겠다."

저물녘에 천성보로 나아가서 잠깐 머물면서 적에게 우리들이 오랫동안 있을 것이라고 의심하게 하고, 밤을 이용하여 군사를 돌렸다.

12일 기사(양력 8월 18일)

〈장계에서〉

낮 열 시쯤에 한산도에 이르니, 이곳에 하륙했던 왜적들이 연일 굶어서 걸음을 잘 걷지 못한 채 피곤하여 바닷가에서 졸고 있었다.

거제도의 군사와 백성들이 이미 머리 세 급을 베었고, 그 나머지 사백여 명의 왜적은 탈출해도 도망갈 길이 없는 초롱 속의 새와 같았다. 나와 전라우수사는 다른 도에 주둔하는 군사로서 군량이 벌써 떨어졌을 뿐 아니라 "금산의 적세가 크게 성하여 이미 전주에 도착했다."는 기별이 잇달아 도착하므로 그 섬에 하륙한 적들은 거제도의 군사와 백성들이 합력하여 목을 베고 그 급수를 통고하도록 그 도의 우수사와 약속했다.

13일 경오(양력 8월 19일)

〈장계에서〉

본영으로 돌아왔다.

여러 사람의 문초 내용이 비록 낱낱이 믿을 만한 것이 못된다 하더라도 "세 개의 부대로 나누어 배를 정비하여 전라도로 향한다."는 말만은 믿을 만한 근거가 있는 것 같다.

이들 중에, 첫째 부대의 왜선 일흔세 척은 거제도 견내량에 와서 머물고 있다가 이미 섬멸되었고, 둘째 부대의 왜선 마흔두 척은 안골포 선창에 벌여 진치고 있었으나, 역시 우리에게 패하여 무수한 사상자를 내고 밤에 도망하였으니, 다시 그 무리를 데리고 와서 병력을 합세하여 바로 몰아 침범해 오면, 마침내는 우리가 앞뒤로 적을 받게 될 것이므로 병력이 분산되고 형세가 약한 것이 극히 염려스럽다.

그래서 "군대를 정비하여 창을 베개로 삼아 변을 기다려 다시 통고하는 즉시로 수군을 거느리고 달려오라."고 전라우수사 이억기와 약속하고 진을 파하였으며, 포로가 되었다가 도로 잡혀 온 사람은 각각 그 빼앗은 관원에게 명하여, "구휼하고 편히 있게 하였다가 사변이 평정된 뒤에 고향으로 돌려보내라."고 알아듣도록 타일렀다.

15일 임신(양력 8월 21일)

〈장계에서〉

여러 장수와 군사 및 관리들이 제 몸을 돌아보지 않고 처음부터 끝까지 여전하여 여러 번 승첩을 하였다만 조정이 멀리 떨어져 있고 길이 막혔는데, 군사들의 공훈 등급을 만약 조정의 명령을 기다려 받은 뒤에 결정한다면, 군사들의 심정을 감동케 할 수 없으므로, 우선 공로를 참작하여 1·2·3 등으로 별지에 기록하였다. 당초의 약속과 같이 비록 왜적의 머리를 베지 않았다 하더라도 죽을힘을 다해 싸운 사람들은 내가 본 것으로써 등급을 나누어 결정하고서 함께 기록하였다.

이 내용을 장계하였다.

16일 계유(양력 8월 22일)

〈장계에서〉

본영과 본도 소속 각 진포의 군량은 원 수량이 넉넉하지 못하였는데, 세 번이나 적을 무찌르느라고 해상에서 여러 날을 보내게 되어 많은 전선의 군졸이 굶주리므로 원 군량은 벌써 다 나누어 주었다. 적은 물러가지 않으므로 잇달아 바다로 내려가 출전해야 하고 군량은 달리 변통하여 마련할 길이 없어 순천부에 두었던 군량 오백여 섬을 본영과 첩입한 방답진에, 흥양 군량 사백여 섬을 여도·사도·발포·녹도 등의 네 개 포구에는 백 섬씩을 먼저 옮겨다가 뜻밖의 일에 대비토록 하고, 도순찰사에게 공문을 보냈다.

이 내용을 장계하였다.

24일 신해(양력 9월 29일)

맑다.

아침밥은 객사 동헌에서 정 영감(충청수사 정걸)과 같이 먹고 곧 침벽정으로 옮겼다.

우수사와 점심을 같이 먹었는데 정 조방장도 함께 먹었다.

오후 네 시쯤에 배를 출항하여 노질을 재촉하여 노량 뒷바다에 이르러 정박하였다.

한밤 열두 시에 달빛을 타고 배를 몰아, 사천땅 모자랑포에 이르니 벌써 날이 새었다.

새벽안개가 사방에 끼어서 지척을 분간키 어려웠다.

25일 임자(양력 9월 30일)

맑다.

오전 여덟 시쯤에 안개가 걷혔다.

삼천포 앞바다에 이르니 평 산포만호가 공장(수령이나 찰방이 감사·병마사·수사 등에게 공식으로 만날 때에 내는 관직명을 적은 편지)을 바쳤다.

당포 가까이에 이르러 경상우수사(원균)와 만나 배를 매 놓고 이야기했다.

오후 네 시쯤에 당포에 정박하여 밤을 지냈다.

자정에 잠깐 비가 왔다.

26일 계축(양력 10월 1일)

맑다.

견내량에 이르러 배를 멈추고서 우수사와 더불어 이야기했다.

순천부사 권준도 왔다.

저녁에 배를 옮겨 각호사(角乎寺, 거제시 사등면) 앞바다에서 밤을 지냈다.

27일 갑인(양력 10월 2일)

맑다.

영남수사(원균)과 같이 의논하고, 배를 옮겨 거제 칠내도에 이르렀다.

웅천현감 이종인이 와서 말하는데, "왜 적의 머리 서른다섯 개를 베었다."고 한다.

어두울 무렵에 제포(濟浦)·서원포(西院浦)를 건너니, 밤이 벌써 열 시쯤이 되어 자려는데, 하늬바람이 차갑게 부니 나그네의 회포가 어지럽다.

이날 밤 꿈자리도 많이 많이 어지러웠다.

28일 을묘(양력 10월 3일)

맑다.

새벽에 앉아 꿈을 생각해 보니, 처음에는 나쁜 것 같았으나 도리어 좋은 것이었다.

가덕에 이르렀다.

(날짜는 알 수 없으나, 8월 28일 이후에 다음과 같은 내용이 적혀 있다.)

삼가 요즘 건강은 어떠하신지요. 전일 승평에서 받들었던 것은 매우 기쁘고 다행한 것이었습니다.

줄이고.

일본은 바다 가운데 있으며, 비록 추운 겨울이 되어도 날씨는 늘 따뜻한데, 지금까지 흉한 적들이 오랫동안 남의 땅에 머물러 있어도 풍속에 익숙하지는 않습니다.

한겨울이 되면, 추위로 지내기 괴로우며, 가난할 뿐 아니라, 군량은 이미 다 떨어지고, 용기와 힘도 다하였으므로, 이 기회를 틈타 급히 공격하여 때를 놓치지 않아야 합니다.

다시 일어난 왕실이 바로 이때인데 한해가 새해로 바뀌었어도 아직 적을 없앴다는 말을 듣지 못했습니다. 한구석 외로운 신하가 북쪽을 바라보며 길이 통탄하니, 간담이 찢어지는 듯합니다.

우리나라 팔도 중에 오직 이 호남만이 온전한 것은 천만다행인데, 군사를 조련하고, 군량을 옮기는 것 모두 이 전라도가 있었기 때문입니다. 폐해를 다 없애어 국권을 회복하는 것도 이 도의 계책으로 말미암은 것입니다.

그래서 이 감사가 다시 임금에게 충성하러 부임했고, 절도사는 오랫동안 남의 땅(경상도)에 머물면서 군사와 말을 정예하게 준비하는데, 군기·군량은 이 가운데서 다하여 돌아가고, 진과 보에 이르러 방어 군사를 정하는 것 또한 각각 반으로 나누어 뽑아 거느렸습니다.

그런데 장수는 늙어 중도에서 굶주림과 추위가 아울러 들이닥쳐 반 이상은 달아나 흩어졌습니다. 비록 혹 흩어지지 않은 자가 있다고 해도, 굶주림과 추위가 이미 극에 달하여 죽음이 잇달았습니다.

큰 고을이면 삼백여 명, 힘차고 왕성한 사람을 조급히 가리어 채우기를 강요하며 독려하니, 한 도가 소동하였습니다. 더구나 소모사가 내려와서 남아 있는 군사를 징발하니, 각 진포에 방군을 나누고, 여러 읍의 초병도 뽑아 그 수를 채우는데, 한 도가 소동

한 것은 알지 못하는 바, 이 도의 보전도 어려워 꼭 길에서 통곡하였습니다.

지난 구월에 유지에, 각 고을의 떠돌이 군사일지도 일족 가까이 있는 자에게는 일체의 세금을 면제하라고 하신 정녕한 서신이 있었거늘, 백성을 풀어 비상한 고난을 견줄 데 없이 급하였던 것입니다.

큰 적(왜적)이 각 도에 가득 차, 아무 죄 없는 백성은 몇 십만 명인지 알 수 없지만, 그 독한 해를 입었습니다. 종사와 도성도 보전할 수 없었고, 말과 생각이 이에 미치어 고통이란 불타서 갈라지는 것과 같습니다.

지난달 열 명의 군사가 방비하는 고을에 부임하니, 친족에게 대충 징발하지 말라는 명령을 들었습니다. 다음 달 방비에 들어가는 사람이 겨우 서너 명인데, 어제는 열 명의 유방군이 오늘은 너댓 명 미만이니, 몇 달 가지 않아 하나같이 텅 비어 진의 지휘관은 홀로 빈 성을 지키게 되니, 어떻게 알지 못하겠습니다.

만약 옛 전례를 따른다면, 임금의 분부를 어기게 되고, 옛 명령을 따르면, 적을 방어하는 데 계책이 없으니, 이 두 가지 중 편리한 대로 밤낮으로 생각하여 보고했더니, 관찰사의 공문에 일에게의 대충 징발하는 폐단이 백성을 심하게 병들게 합니다.

정녕 명령을 내리신다면, 이른바 명령을 이행할 틈이 없거니와,

그 보고 내용 또한 일거리가 있으니, 백성을 어루만지고, 적을 방어하는 데에 둘 다 그 편리한 일을 얻는 것이라 답하여 왔습니다. 각 고을에는 죽은 자가 자손이 모두 끊어지면, 도목장에서 빼 버리라고 공문을 내보냈습니다.

대개 본도(전라도)는 나누어 방비할 군사가 경상도의 예와는 같지 않으며, 좌·우 수영에는 삼백이십여 명이고, 각 진포에는 혹 이백 혹 백오십여 명씩 나누어 방비하였거늘, 그중에서 멀리 도망갔거나 죽은 자가 많았습니다. 아직 본래대로 정하지 않은 자는 열에 일고여덟이며, 현재 나타나 있는 사람을 거두어 주는 것도 모두 늙고 쇠잔하여 방비 업무에 알맞지 않습니다. 힘이 부득이하면 물론 일족에게 숫자만 채우려 입방할지라도 탈이 났다고 소송하는 자가 많고, 아직 방비에 도착하지 않은 자는 혹 이름을 대어 힘을 합하는 가운데 이것저것 엇갈리게 한다면, 끝내 점고에 나타나지 않는 자는 그 사이의 질병을 이루 말할 수 없습니다.

저는 이런 폐단을 모르는 바 아니지만, 큰 적이 앞에 있어 방비하는 일이 무척 급하고 예나 다름없이 병에 걸려 방어하는 것은 줄이기 때문에, 전례를 따라 재촉하고 분발하면 하나는 배의 사부를 채우게 되고, 하나는 성을 지키게 됩니다. 이렇게 하여 다섯 번 출동에 적을 맞아 열네 번이나 싸워 이겼던 것이 이미 여덟 달이나 되었습니다.

대개 국방이 한 번 실패하면, 그 해독은 중앙까지 미치게 됩니다. 이것은 실로 이미 체험한 것입니다. 저의 어리석은 계책은 먼저 옛 전례를 따라 변방을 방어해야 하겠습니다. 차츰차츰 조사하여 군사와 백성들의 고통을 구하는 것이 지금으로서는 급한 일입니다.

제나라의 거현이나 즉묵현과 같이 항복하지 않다가 공격해 온 연나라를 파하고 국토를 회복하였던 것처럼 올바른 것은 몸을 온전히 하는 것과 같으니, 몹쓸 병 있는 자가 겨우 한쪽 다리를 구할 수 없습니다.

그러나 허다하게 군사와 말을 지경 밖으로 쓸어 내 버렸습니다. 명나라 제독 이여송이 수십만 명의 정예 군사를 거느리고 평양·개성·서울 세 곳의 도적을 토멸했으며, 곧바로 부산으로 내려와 남김없이 소탕해 버리고 돌아왔습니다.

초1일 정사(양력 10월 5일)

〈장계에서〉

닭이 울자 출항했다.

낮 여덟 시에 몰운대를 지날 무렵 샛바람이 갑자기 일고 파도가 크게 일어 간신히 배를 저어 화준구미에 이르러 왜 대선 다섯 척을 만나고, 다대포 앞바다에 이르러 왜 대선 여덟 척, 서평포 앞바다에 이르러 왜 대선 아홉 척, 절영도에 이르러서는 왜 대선 두 척을 각각 만났다. 모두 기스락을 의지하여 줄지어 정박하고 있었으므로 삼도의 수사가 거느린 여러 장수와 조방장 정걸 등이 힘을 합하여 남김없이 깨부수고, 배 안에 만재한 왜놈의 물건과 전쟁 기구도 끌어내지 못하게 하여 모두 불태웠다. 그러나 왜놈들은 우리의 위세를 바라보며 산으로 올라갔기 때문에 머리를 베지는 못했다.

절영도 안팎을 모조리 수색하였으나, 적의 종적이 없으므로 즉시 소선을 부산 앞바다로 급히 보내어 적선을 자세히 탐망케 하였더니, "대개 오백여 척이 선창 동쪽 산기슭의 언덕 아래에 줄지어 대었으며, 선봉 왜 대선 네 척이 초량목으로 마주 나오고 있다.”고 하므로 원균·이억기 등과 약속하기를, “우리 군사의 위세로써 만일 지금 공격하지 않고 군사를 돌이킨다면 반드시 적이 우리를 멸시하는 마음이 생길 것이다.”고 말하고 독전기를 휘두르며 진격했다.

우부장 녹도만호 정운·귀선 돌격장 군관 이언량·전부장 방답 첨사 이순신·중위장 순천부사 권준·좌부장 낙안군수 신호 등이 먼저 곧바로 돌진하여 선봉 왜 대선 네 척을 깨부수니, 적도들이 헤엄쳐 뭍으로 오르므로 뒤에 있던 배들은 곧 이때를 이용하여 승리한 깃발을 올리고 북을 치면서 ‘장사진’으로 돌진했다.

이때 부산성 동쪽 한 산에서 오 리쯤 되는 언덕 밑 세 곳에 둔박한 왜선이 모두 사백일흔 척이었는데, 우리의 위세를 바라보고 두려워서 감히 나오지 못하고 있으므로 여러 전선이 곧장 그 앞으로 돌진하자, 배 안과 성안·산 위·굴속에 있던 적들이 총통과 활을 갖고 거의 다 산으로 올라 여섯 곳에 나누어 머물며 내려다 보면서 철환과 화살을 빗발처럼, 우레처럼 쏘는 것이었다.

그런데 편전을 쏘는 것은 우리나라 사람과 같았으며, 혹 대철환을 쏘기도 하는데 크기가 모과만하며, 혹 수마석을 쏘기도 하는데 크기가 주발덩이만한 것이 우리 배에 많이 떨어지곤 했다.

그러나 장수들은 한층 더 분개하여 죽음을 무릅쓰고 다투어 돌진하면서, 천자·지자 총통에다 장군전·피령전·장전과 편전·

철환 등을 일시에 일제히 쏘며, 하루 종일 교전하니 적의 기세는 크게 꺾이었다.

그래서 적선 백여 척을 삼도의 장수들이 힘을 모아 쳐부순 뒤에 화살을 맞아 죽은 왜적으로써 토굴 속에 끌려 들어간 놈은 그 수를 헤아릴 수 없었으나, 배를 쳐부수는 것이 급하여 머리를 벨 수는 없었다.

여러 전선의 용사들을 뽑아 뭍으로 내려서 모조리 섬멸하려고 하였으나, 무릇 성 안팎의 예닐곱 곳에 진치고 있는 왜적들이 있을 뿐 아니라 말을 타고 용맹을 보이는 놈도 많은지라, 말도 없는 외로운 군사를 가벼이 뭍으로 내리게 한다는 것은 빈틈없는 계획이 아니며, 날도 저물었는데 적의 소굴에 머물러 있다가는 앞뒤로 적을 맞게 될 환란이 염려되어 하는 수 없이 장수들을 거느리고 배를 돌려 한밤중에 가덕도를 돌아와서 밤을 지냈다.

그런데 양산과 김해에 정박한 왜선이 "점차 본도로 돌아간다."고 한다마는, 몇 달 이내로 세력이 날로 외로워짐을 스스로 알고 모두 부산으로 모일 것이다.

부산성 안의 관사는 모두 철거하고 흙을 쌓아서 집을 만들어 이미 소굴을 만든 것이 백여 호 이상이나 되며, 성 밖의 동서쪽 산기슭에 여염집이 즐비하게 있는 것도 거의 삼백 여 호이다. 이것이 모두 왜놈들이 스스로 지은 집인데, 그중의 큰 집은 층계와 희게 단장한 벽이 마치 불당(절간)과도 비슷한 바, 그 소행을 따져 보면 매우 분통하다.

초2일 무오(양력 10월 6일)

〈장계에서〉

다시 돌진하여 그 소굴을 불태우고, 그 배들을 모조리 깨부수려고 하였는데, 위로 올라간 적들이 여러 곳에 널리 가득 차 있으므로 그들의 귀로를 차단한다면 궁지에 빠진 도적들의 반격이 있을 것이 염려되었다. 수륙으로 함께 진격해야만 섬멸할 수 있을 것이며, 더구나 풍랑이 거슬러 전선이 서로 부딪쳐서 파손된 곳이 많이 있으므로 전선을 수리하면서 군량을 넉넉히 준비하고 또 육전에서 크게 물러 나오는 날을 기다려 경상감사 등과 수륙으로 함께 진격하여 남김없이 섬멸하여야 하기 때문에 진을 파하고 본영으로 돌아왔다.

초10일 병인(양력 10월 14일)

〈장계에서〉

원균은 그 뒤 적선이 많이 온다고 잘못 듣고서 포위한 적을 풀고 가 버렸기 때문에 뭍으로 올라간 왜인들이 "벌목하여 뗏목을 만들어 타고 모두 거제로 건너가 버렸다."고 하는 바, 솥 안에 든

고기가 마침내 빠져 나간 것 같아 매우 통분하다.

이 내용을 갖추어서 장계하였다.

11일 정묘(양력 10월 15일)

〈장계에서〉

녹도만호 정운은 맡은 직책에 정성을 다하였고, 담략이 있어서 서로 의논할 만한 사람이다. 사변이 일어난 이래 의기를 격발하여 나라를 위해서 제 몸을 잊고 조금도 마음을 놓지 않고 변방을 지키는 일에 힘쓰기를 오히려 전보다 더욱더 하므로 믿을 사람은 오직 정운 등 두세 사람이다. 세 번 승첩을 했을 때 언제나 선봉에 섰고, 이번에 부산포 해전에서도 몸을 던져 죽음을 잊고 먼저 적의 소굴에 돌입하였으며, 하루 종일 교전하면서도 어찌나 힘을 다하여 쏘았던지 적들이 감히 움직이지 못하였는 바 이는 정운의 힘이 컸다.

그런데 그날 돌아올 무렵에 철환을 맞아 죽어 그 늠름한 기운과 맑은 혼령이 쓸쓸히 아주 없어져서 뒷세상에 아주 알려지지 못할까 애통하다. 이대원의 사당이 아직도 그 포구에 있으므로 같은 제단에 초혼하여 함께 제일을 지내어 한편으로는 의로운 혼령을 위로하고, 한편으로는 남을 경계해야겠다.

방답첨사 이순신은 변방 수비에 온갖 힘을 다하고, 사변이 일

어난 뒤에는 더욱 부지런히 힘써 네 번이나 적을 무찌를 적에 반
드시 앞장을 서서 분격하였으며, 당항포 접전을 할 때에는 왜를
쏘아 목을 벤 그 공로가 월등하다.

뿐만 아니라, 사살하는 데만 전력하고 목 베는 일에는 힘쓰지
않았으므로 그 연유를 들어 별도로 장계하였는데, 이번 포상의
글월 중에 이순신의 이름만 들어 있지 않으니 해괴하다.

여러 장수 중에서도 권준·이순신·어영담·배흥립·정운 등은
달리 믿는 바가 있어 서로 같이 죽기를 약속하고서 모든 일을 같
이 의논하고 계획을 세우기도 하였는데, 권준 이하 장수들은 모
두 당상으로 승진되었으나, 오직 이순신만이 임금의 은혜를 입지
못하였으므로 이에 조정에서 포상하는 명령을 내리기를 엎드려
기다린다.

이 내용을 사실대로 잘 아뢰어 달라는 장계를 올렸다.

12일 무진(양력 10월 16일)

〈장계에서〉

당항포 승첩 계본을 받들고 올라간 전생서(典牲署, 궁중의 제일
에 쓸 짐승을 기르는 일을 맡아보는 종6품의 주부) 이봉수가 가지고
내려온 우부승지(이국)의 서장 내용에, "전쟁이 일어난 이래 장수
들이 한결같이 패퇴하였는데, 이번 당항포 싸움에서 비로소 대승

리를 하였으므로, 특히 경을 '자헌대부'로 승진시키니, 끝까지 스스로 힘써 하라." 하신 것과, "경의 장계를 보니, 각 목장의 말들을 몰아내어 길들이고 먹여서 육전에 쓰도록 해 달라고 건의하였는데, 경이 그 수를 급히 몰아내어 장수와 군사들에게 나누어 주고 그 성공을 기다려서 그대로 영구히 주도록 하라." 하신 분부의 서장 등을 본영에서 받았다.

18일 갑술(양력 10월 22일)

〈장계에서〉

"행재소에서 쓸 종이를 넉넉하게 올려 보내라."고 하였으나, 계본을 받들고 가는 사람이 고생스럽게 길로 무거운 짐을 가지고 갈 수 없으므로 우선 장지 열 권을 올려 보냄을 써 올렸다.

25일 신사(양력 10월 29일)

〈장계에서〉

순천에 사는 전 훈련봉사 정사준은 사변이 일어난 뒤에 상제의 몸으로 기복된 사람이다. 그는 충성심을 분발하였으므로 경상도와 접경한 요충지인 광양현 전탄의 복병장으로 정하여 보낸 뒤, 무릇 매복하여 적을 막는 일에 있어서 기특한 계책을 마련하여 적들로 하여금 감히 경계선에 근접하지 못하게 하였다. 정사준은 순천부의 외로운 선비이며, 전 훈련봉사였던 이의남 등과 약속하고 각각 의연곡을 모아서 모두 한 배에 싣고 행재소로 향했다.

비변사의 공문에 "전죽(箭竹)을 넉넉하게 올려 보내라."고 하였으나, 부산 승첩계본을 받들고 가는 사람이 육로로 올라가야 하는 먼 길에 가져가기 어려운 형편이어서 올려 보내지 못했는데, 비로소 이번에 정사준 등이 올라갈 때에 장편죽전과 종이 등의 물품을 함께 봉하여 같은 배에 함께 싣고 물건의 목록은 따로 적어 올렸다.

순천부사 권준과 낙안군수 신호, 광양현감 어영담, 흥양현감 배흥립 등도 수군 위부장으로서 본영 앞 바다에 진을 치고 사변에 대비하면서 각각 공문으로 보고한 내용에 "연해변 각 고을의 관원들이 사변이 있을 것을 염려하여 군량을 원 수량 이외에 별도로 쌓아 두었는데, 국운이 불행하여 임금께서 서쪽으로 몽진하신지 벌써 여섯 달이 되어 많은 장수와 군사들의 양식을 계속 지급하기 어려울 것이다. 그래서 신하된 자의 정의에 통곡함을 이기지 못하여 위에 별도로 쌓아 둔 군량 등 물품을 각각 배에 싣고 자원해 들어온 사람에게 맡겨 주어 올려 보내려 했으나, 수령들로서는 진달할 길이 없으니, 이 실정을 낱낱이 열거하여 함께 장계하도록 공문을 보낸다."고 하였다.

그런데 권준은 원 수량 이외에 군량 백 섬과 다른 잡물을 함께 정사준 등이 의연곡을 싣고 가는 배에 같이 실어 올려 보냈다.

신호·어영담·배흥립 등이 올려 보내는 군량과 군기 등 물건은 각각 그들의 배에 싣고 각 고을에서 자원해 들어온 사람들에게 맡기어 올려 보내므로 물목을 만들어 주어 올려 보냄을 차례로 아뢰었다.

임진년(1592년) 10월

30일 병진(양력 12월 3일)

〈편지에서〉

아래 의주에서 보내온 글은 꿈도 아닌 정이 아닌가. 펴 보기를 두 번 세 번 한 것은, 종이에 간절한 정이 가득하기에, 실상 나의 친구 위서의 마음에서 나온 것이거니와, 정성을 다했기 때문이다. 알지는 못하나, 요사이 노장의 건강은 어떠하오. 멀리서 호소하여 마지않는다.

이 사람은 용졸한 재주로 난국을 당하여 오랑캐가 두 번 움직이니, 이에 이 전쟁 사이에 근심한 자뿐인데, 다행히 별장 최균·최강 두 분의 힘을 입어 크게 웅천의 도적을 이기고, 또 바다에 뜬 두목을 잡았다. 어찌 마음이 크게 패한 것이 아니겠는가. 그러나 밤낮으로 빌고 원하는 것은 우리 임금의 수레를 서울에 돌아오시게 하는 것뿐이다. 남은 것은 군무가 어지럽고 매우 바쁘므로 다 갖추지 못한다.

기록에 없음.

임진년(1592년) 12월

초10일 병신(양력 1593년 1월 12일)

〈장계에서〉

흉한 적들이 여러 도에 널리 가득 차 있고, 오직 이곳 호남만이 다행히 하늘의 도움에 힘입어 다소 보완하여 한 나라의 근본을 이루고 있으니, 임금에게 충성하고 나라를 회복하는 일을 다 이 도에서 마련하여야 하는데, 지난 육·칠월 사이에 육만의 군마와 허다한 군량을 모두 서울 등지에서 잃어버리고, 병마사가 거느렸던 사만의 군사들도 또한 입을 것과 먹을 것이 없어서 얼고 주려서 다 없어졌다. 그런데 이제 순찰사가 또 정예 군사를 거느리고 북상하며 다섯 의병장도 서로 이어 군사를 일으켜 멀리 출전하게 되므로 이 뒤부터는 온 지방의 소동이 공사 간의 재물을 다 없애고, 비록 늙고 허약한 백성은 있다 해도 병기와 군량을 운반할 무렵에는 채찍질이 빈번하여 구덩이에 넘어지는 자가 많이 있다.

더구나 소모사가 내려와서 내륙과 연해안을 분별하지 않은 채 소집할 군사의 수만을 결정하여 심하게 독촉하였다. 그러므로 각 고을에서는 그 수를 충당하기 어려워서 변방을 지키는 수졸을 많이 빼내어 갈 뿐 아니라, 체찰사의 종사관이 각 고을을 분담·검색하여 남아 있는 장정을 재촉하여 징발하고, 변방의 진포에 있는 군기를 또한 많이 다른 곳으로 실어 가며, 복수장 고종후 등이 또 따라 일어나서 내시의 종을 남김없이 뽑아내는데, 소모관이 방금 내려와서 번갈아 수색하는 일이 거의 쉬는 날이 없으므로 백성들의 근심하고 원망하는 소리가 귀에서 떠나지 않는다. 국가가 부흥되어야 할 시기에 바라는 바, 실망이 커서 한 모퉁이에 있는 외로운 신하로서는 북쪽을 바라보고 통탄하며, 마음은 죽고 형태만 남아 있다.

지난해 분부한 서장에 "각 고을에서 도망한 군사들이 있어도 사변이 평정될 때까지 친족이나 이웃에게 대충 징발하는 것을 일체 면하라."고 했다. 무릇 신하된 자로서 눈물을 흘리며 감격하지 않은 자가 없다. 그러나 이같이 위태롭고 어려운 날을 당하여 수졸 한 명은 무던히 평시의 백 명에 적합한 것인데, 한 번 "대충 징발하지 말라."는 명령을 듣고서는 모두 다 면제될 꾀를 품기 때문에 지난달에는 열 명이나 유방군을 보내던 고을이 이번 달에는 겨우 서너 명을 보내고 있으며, 어제 열 명이 있던 유방군이 오늘 너댓 명 안이므로 몇 달 내에 수자리를 지키는 일이 날로 비어 진포의 장수들이 속수무책일 것인 바, 배를 타고 적을 토멸함에 무엇을 힘입어 제어할 것이며, 성을 지켜 항전함에 누구를 의지해야 할까.

만일 전례를 지켜 책임 수량을 채운다면 분부를 어기게 될 것이며, 분부를 준수한다면 수자리를 지킬 사람이 없을 것이므로, 이 두 가지 중에 편한 방법을 참작하여 처리하도록 하는 의견을 체찰사에게 보고하였던 바, 회답 공문에, "친족에게 대충 징발하는 폐단은 백성을 괴롭히는 것 중에 가장 심한 것이므로 임금의 분부대로 단연히 준수해야 함은 말할 것도 없거니와 보고한 의견도 또한 일리가 있는 것이니, 적을 방어하고 백성을 어루만지는 데 양편이 다 좋은 일이다."는 것이다. 그래서 각 고을 관원들에게 "사람이 죽고 자손이 끊어진 호구를 도목장에서 뽑아 없애 버리도록 하라."고 통고했다.

대체로 보아 변방에서 한 번 실패하면, 그 해독이 중앙에까지 미치는 실례는 이미 경험한 일이다. 하물며 본도에 분산된 방위군의 수는 경상도와 같지 않고, 매번 방비에 임하는 군사가 큰 진이 많아야 삼백스무여 명을 넘지 못하고 작은 보에는 백쉰여 명도 차지 못한다. 그중에서 도망하거나 죽은 지 오래된 채 정리되지 않은 자가 십중팔구이며, 현재 일하고 있는 자로는 태반이 늙고 쇠약한 사람이다. 그러므로 만일 친족에게 대충 징발하는 것을 전적으로 면제한다면 성을 지키고 배를 운행하는 데 아무런 조처가 없을 것이므로 지극히 민망하다. 그뿐 아니라 이번에 도착된 것으로 비변사에서 분부를 받고서 보내온 공문 내용에, "근래에 와서 적을 토멸하는 데는 해전을 당할 만한 것이 없으니, 전선의 수를 넉넉하게 더 만들도록 하라."고 한 바, 전선은 비변사의 공문이 도착하기 전에 이미 본영과 여러 진포에 명령하여 많은 수를 더 만들도록 하였다.

그러나 한 척의 전선에 사부와 격군을 아울러서 백서른여 명의 군사를 충당할 방법이 없어서 더욱 민망하니, 위의 '친족에게 징발하는 일들'을 사변이 평정될 때까지 전과 같이 시행하되, 조금씩 좋고 나쁜 점을 가려내어 백성의 원성을 풀어 주는 것이 지금으로서는 가장 당연한 급선무이다. 그러니 조정에서는 다시 헤아려 생각하고, 우선 '친족에게 대충 징발하지 말라.'한 명령을 중지하여 길이 남쪽 변방을 회복하는 기초가 온전해지도록 해야겠다.

수군으로 방비에 임하는 수가 저같이 너무 적은데, 방비 임무에 결석하여 죄를 지은 무리들이 혹은 소모군에 붙으며, 혹은 다투어 의병으로 붙어서 어느 쪽이든지 소속되는 바, 지금같이 봄철의 방비가 매우 급한 때에 방어하는 군사를 다른 곳으로 소속을 옮겨서 변방을 충실하게 할 뜻은 없으므로 일체 다른 곳으로 옮기지 말도록 각별히 널리 백성들에게 분부를 내리도록 해야겠다.

겨울 석 달 동안에 사색 제방군은 평시에는 그대로 있다가 전적으로 사변이 일어날 때 쓰이는 보충군이거니와 이런 큰 사변을 당하여서는 정규군도 많지 않은 데다가 또 사색 군졸마저 면제해 버리면 더욱 방비할 길이 없다.

해상으로 출전한 여가에 전선을 보수하고 병비를 조련하는 일들이 전혀 수졸들의 책임이므로 사색 제방군 등을 육군과 함께 방위 임무에서 면제하지 말고 남김없이 방위에 임하도록 각 진포에 아울러 검칙하였으며, 순찰사에게도 공문을 보내었음을 갖추어 아뢰었다.

계사년(1593년) 1월

기록에 없음.

계사년(1593년) 2월

계사년 2월은 대길하다.

초1일 병술(양력 3월 3일)

종일 비가 내렸다.

발포만호(황정록)·여도만호(김인영)·순천부사(권준)가 와서 모였다.

발포진무 최이가 두 번이나 군법을 어기었으므로 군률로써 처벌했다.

초2일 정해(양력 3월 4일)

늦게야 개었다.

녹도가장·사도첨사(김완)·흥양현감(배흥립) 등의 배가 왔다.

낙안군수(신호)도 왔다.

초3일 무자(양력 3월 5일)

맑다.

장수들이 거의 다 모였는데, 보성군수(김득광)이 미처 오지 못했다.

동쪽 상방으로 나가 앉아 순천부사·낙안군수·광양현감과 한참 동안 의논했다.

이날 경상도에서 옮겨 온 공문에 포로 되었다가 돌아온 김호걸과 나장 김수남 등이 명부에 올린 수군 여든여 명이 도망가 버렸다고 한다. 또 뇌물을 많이 받고 잡아 오지 않았다고 하므로 군관 이봉수·정사립 등을 몰래 파견하여 일흔여 명을 찾아서 잡아다가 각 배에 나누어 주고, 김호걸·김수남 등을 그날로 처형했다.

오후 여덟 시쯤부터 비바람이 세게 불어 각 배들을 간신히 구호했다.

초4일 기축(양력 3월 6일)

늦게야 개었다.

성 동쪽이 아홉 발이나 무너졌다. 객사 동헌에 나가 공무를 보았다.

오후 여섯 시쯤부터 비가 많이 쏟아지더니 밤새도록 그치지 않고 바람조차 몹시 사납게 불어 각 배들을 간신히 구호하였다.

초5일 경인(양력 3월 7일)

비가 억수같이 내리다가 늦게야 개었다.

경칩 날이라 둑제(대장기에 대한 제일)를 지냈다.

아침밥을 먹은 뒤 대청으로 나가 공무를 보았다.

보성군수(김득광)는 이슥한 밤에 육지를 거쳐 달려왔다. 뜰아래에 붙잡아 놓고 기일을 어긴 죄를 문초하며 그 대장에게 따졌다. 그랬더니 순찰사 등이 명나라 군사에게 음식을 이바지하는 차사원으로서 강진·해남 등지의 고을로 왔기 때문이라고 하였다. 이는 역시 공무이므로 그 대장과 도훈도, 아전들을 처벌했다.

저녁에 이언형이 작별을 고하였다.

초6일 신묘(양력 3월 8일)

아침에 흐리다가 저녁나절에야 개었다.

밤 세 시에 첫 나발을 불고 동틀 무렵에 둘째 나발과 셋째 나발을 불었다.

배를 풀고 돛을 올렸으나, 정오 때에 맞바람(샛바람)이 불어 저물어서야 사량에 이르러 머물렀다.

초7일 임진(양력 3월 9일)

맑다.

새벽에 떠나 곧장 견내량에 이르니, 경상우수사 원균이 이미 먼저 와 있었다. 그와 함께 서로 이야기했다.

기숙흠도 와서 보고, 이영남·이여염도 왔다.

초8일 계사(양력 3월 10일)

맑다.

아침에 영남우수사가 내 배에 와서, 전라우수사가 기약을 어긴 잘못을 몹시 탓하고는 지금 먼저 떠나자고 했다.

나는 애써 말려 "좀 더 기다려 봅시다. 오늘 안으로 도착할 겁니다." 하고 언약을 하였더니, 과연 정오에 돛을 달고 와서 모이니, 바라보는 사람마다 기뻐 날뛰지 않는 이가 없었다. 거느리고 온 것이 마흔 척 미만이었다.

바로 그날 오후 네 시쯤에 출항하여 초저녁에 온천도(칠천도)에 이르렀다.

본영에 편지를 보냈다.

초9일 갑오(양력 3월 11일)

첫 나발을 불고 둘째 나발을 불고 나서 다시 날씨를 보니 비가 많이 내릴 것 같았다. 그래서 출항하지 않았다.

종일 많은 비가 내렸다.

그대로 머물러 출항하지 않았다.

초10일 을미(양력 3월 12일)

아침에 흐리다가 저녁나절에 개었다.

오전 여섯 시에 출항하여 곧장 웅천·웅포에 이르니, 적선이 줄지어 정박했다. 두 번이나 유인했으나 진작부터 우리 수군을 겁내어 나올 듯하다가도 돌아가 버리므로 끝내 잡아 없애지 못하였다. 참으로 분하다.

밤 열 시쯤에 도로 영등포 뒤의 소진포(장목면 송진포)에 이르러 배를 대고서 밤을 지냈다.

이에 병신일(11일) 아침에 순천탐후선이 돌아왔다.

본영에 편지를 보냈다.

11일 병신(양력 3월 13일)

흐렸다.

군사를 쉬게 하고 그대로 머물렀다.

12일 정유(양력 3월 14일)

아침에 흐리다가 저녁나절에는 개었다.

삼도의 군사가 일제히 새벽에 출항하여 곧장 웅천·웅포에 이르니, 왜적들은 어제와 같다.

나아갔다 물러갔다 하며 유인했지만 끝내 바다로 나오지 않았

다. 두 번이나 뒤쫓았으나 잡아 섬멸하지 못하니 어찌할꼬! 너무
도 분하다.

이날 저녁에 도사가 우후에게 공문을 보냈다. 그것은 명나라
장수에게 줄 군용 물품을 배정한 것이라고 했다.

저녁에 칠천도에 이르자 비가 많이 쏟아지더니 밤새도록 그치
지 않았다.

13일 무술(양력 3월 15일)

비가 창대같이 내렸다.

오후 여덟 시쯤에야 비가 그쳤다.

적 토벌에 관해 의논할 일로 순천부사(권준)·광양현감(어영
담)·방답첨사를 불러 이야기하였다. 정담수가 와서 봤다.

활장이와 화살장이 대방·옥지 등이 돌아갔다.

14일 기해(양력 3월 16일)

맑다.

증조부의 제삿날이다.

이른 아침에 본영 탐후선이 왔다. 아침밥을 먹은 뒤에 삼도의
군사들을 모아 약속할 적에 영남수사(원균)는 병으로 모이지 않
고, 전라좌우도의 장수들만이 모여 약속하는데, 다만 우후가 술

에 취하여 마구 지껄이며 떠드니, 그 기막힌 꼴을 어찌 다 말하랴. 어란포만호(정담수)·남도포만호 강응표도 역시 그러하다.

이렇게 큰 적을 맞아 무찌르는 일로 모이는 자리에 술이나 만취되어 이렇게까지 되니, 그 인물됨이야 더욱 말로 나타낼 수가 없다. 통분함을 이길 길이 없다.

저녁에 헤어져서 진 친 곳으로 왔다.

가덕첨사 전응린이 와서 봤다.

15일 경자(양력 3월 17일)

아침에 맑더니 저녁에 비가 내렸다.

날씨는 따뜻하고 바람도 잦다. 과녁을 걸고 활을 쏘았다.

순천부사·광양현감이 왔다. 사량만호·소비포권관·영등포만호 우치적도 같이 왔다.

이날 순찰사(이광)의 공문이 왔는데, 명나라에서 또 수군을 보내니 미리 알아서 처리하라는 것이다.

또 순찰사 영의 아전이 보낸 고목에는 명나라 군사가 이월 일일에 들어가 왜적들이 모두 섬멸되었다고 하였다.

해질 녘에 원균이 와서 봤다.

16일 신축(양력 3월 18일)

맑다.

늦은 아침에 바람이 세게 불었다. 소문에 영의정 정철이 사은사가 되어 북경에 간다고 했다. 그래서 노비단자를 정원명에게로 부치면서 그것을 가져다가 행차하는 일행에게 전하라고 일러 보냈다.

오후에 우수사(이억기)가 와서 보고 함께 밥을 먹고 갔다. 순천부사·방답첨사도 와서 봤다.

밤 열 시쯤에 신환과 김대복이 교서 두 장과 부찰사의 공문을 가져왔다. 보니 명나라 군사들이 바로 송도를 치고, 이달 육일에는 마땅히 서울에 있는 왜적을 함몰시키겠다고 하였다.

17일 임인(양력 3월 19일)

흐리되 비는 오지 않았다.

종일 샛바람이 불었다.

새벽에 일제히 이영남·허정은·정담수·강응표 등이 와서 봤다. 오후에 우수사(이억기)에게 가서 봤다. 새로 온 진도군수 성언길을 봤다.

우수사와 함께 영남우수사(원균)의 배에 갔다가 선전관이 임금님의 분부를 가지고 왔다는 소문을 듣고, 저물어 돌아갈 즈음에 노를 바삐 저어 진으로 돌아올 때에 선전 표신을 만났다. 배위로 맞아들여 임금의 분부를 받들고 보니, "급히 적의 퇴로를 끊고 도망하는 적을 몰살하라."는 것이었다.

즉시 받았다는 답서를 써 부치니, 밤이 벌써 두 시가 넘었다.

18일 계묘(양력 3월 20일)

맑다.

이른 아침에 행군하여 웅천에 이르니, 적의 형세는 여전하다.

사도첨사(김완)를 복병장으로 임명하여 여도만호·녹도가장·좌우 별도장·좌우돌격장·광양이선·흥양대장·방답이선 등을 거느리고 송도(창원시 진해군 웅천동)에 복병하게 하고, 배들로 하여금 유인케 하니, 과연 적선 열여 척이 뒤따라 나왔다.

경상도 복병선 다섯 척이 재빨리 나가 쫓을 때, 나머지 복병선들이 일제히 적선들을 에워싸고 여러 무기를 쏘아 대니, 왜적의 죽은 자의 수효를 알 수 없었다.

적의 기세가 크게 꺾여 다시는 나와서 항거하지 않는다.

날이 저물어서 사화랑(진해시 웅천 2동)으로 돌아왔다.

19일 갑진(양력 3월 21일)

맑다.

하늬바람이 세게 불어 배를 띄울 수가 없어 그대로 머무르고 출항하지 않았다.

남해현령에게 붓과 먹을 보냈다. 저녁에 남해현령이 와서 봤다.

고여우와 이효가도 와서 봤다.

그대로 사화랑에 있었다.

20일 을사(양력 3월 22일)

맑다.

새벽에 출항하자 샛바람이 약간 불더니, 적과 교전할 때에는 바람이 세게 불어 배들이 서로 부딪치고 깨어질 지경이다. 거의 배를 감당할 수조차 없다. 곧 호각을 불게 하고 초요기(지휘기)를 올려 싸움을 중지시키니, 배들이 다행히도 크게 다치지는 않았다. 그러나 흥양의 한 척, 방답의 한 척, 순천의 한 척, 본영의 한 척이 서로 들이받아 깨졌다.

날이 저물기 전에 소진포로 돌아와 물을 긷고 밤을 지냈다. 이날 사슴 떼가 동서로 달아났는데, 순천부사(권준)가 노루 한 마리를 잡아 보냈다.

21일 병오(양력 3월 23일)

흐리고 바람이 세게 불었다.

이영남·이여염이 와서 봤다. 우수사 원균과 순천부사·광양현감도 와서 봤다.

저녁에 비가 내리더니 자정이 되어서야 그쳤다.

22일 정미(양력 3월 24일)

새벽에 구름이 검더니 샛바람이 세게 불었다.

적을 무찌르는 일이 급하므로 출항하여 사화랑에 이르러 바람 멎기를 기다렸다.

이윽고 바람이 멎는 듯하므로 재촉하여 웅천에 이르러 삼혜와 의능 두 승장과 의병 성응지를 제포(창원시 진해군 웅천동)로 보내어 곧 상륙하는 체하게 하고, 우도의 여러 장수의 배들은 변변찮은 배들을 골라서 동쪽으로 보내어 이들도 상륙하는 체하게 했더니, 왜적들이 당황하여 갈팡질팡하였다.

이 틈을 타서 모든 배를 몰아 일시에 무찔렀더니, 적들은 세력이 뿔뿔이 흩어져 약해져서 거의 섬멸되었다. 그런데 발포의 두 배와 가리포의 두 배가 명령을 하지 않았는데도 돌입하다가 그만 얕은 곳에 얹혀(좌초), 적에게 습격받은 것은 참으로 통분하여 가슴이 정말로 찢어질 것 같다.

조금 있으니, 진도의 지휘선 한 척도 적에게 포위되어 거의 구하게 되지 못하게 될 즈음에 우후가 곧장 달려가 구해 내었다. 경상좌위장과 우부장은 보고도 못 본 체하고 끝내 구하지 않았으니 그 괘씸함을 이루 표현할 길이 없다. 참으로 통분하다.

이것을 경상우수사에게 파물었다. 한심스럽다. 오늘의 통분함을 어찌 다 말하랴. 모두 경상우수사(원균)의 탓이다.

돛을 달고 소진포로 돌아와서 잤다.

아산에서 뇌와 분의 편지가 웅천 진중에 왔고, 어머니 편지도 왔다.

23일 무신(양력 3월 25일)

흐렸으나 비는 오지 않았다.

아침에 우수사가 와서 봤다.

식사를 한 뒤에 원균 수사가 오고, 천부사·광양현감·가덕첨사·방답첨사도 왔다.

이른 아침에는 소비포권관·영등포만호·와량첨사 등이 와서 봤다.

경상우수사 원균의 음흉함을 이를 길이 없다.

최천보가 양화진(고흥군 영남면 양화리)에서 와서 명나라 군사들의 소식을 자세히 전하고 조도어사의 편지와 공문을 전했다.

그날 밤으로 돌아갔다.

24일 기유(양력 3월 26일)

맑다.

새벽에 아산·온양 편지와 집안 편지를 아울러 써서 보냈다.

아침에 출항하여 영등포 앞바다에 이르니, 비가 몹시 퍼부어 곧장 다다를 수 없으므로 배를 돌려 칠천량으로 돌아왔다.

비가 그치자, 우수사(이억기)·순천부사·가리포첨사·진도군수 성언길과, 노는계집을 빼놓고서 조용히 이야기했다.

초저녁에 배 만드는 기구를 들여보내는 일로 패자(牌字, 계급이 높은 사람이 낮은 사람에게 보내는 글)와 흥양에 갈 공문을 써 보냈다.

양식에 쓸 쌀 아흔 되를 자염과 바꾸어 보냈다.

25일 경술(양력 3월 27일)

맑다.

풍세가 불순하므로 그대로 칠천량에 머물렀다.

26일 신해(양력 3월 28일)

바람이 세게 불었다.

종일 머물렀다.

27일 임자(양력 3월 29일)

맑으나 바람이 세게 불었다.

우수사 이억기와 함께 이야기하였다.

28일 계축(양력 3월 30일)

맑으며 바람조차 없다.

새벽에 출항하여 가덕에 이르니, 웅천의 적들은 기가 죽어 대항할 생각조차 못하고 있다.

우리 배가 바로 김해강 아래쪽 독사이항(부산시 강서구 명지동)으로 향하는데, 우부장이 변고를 알리므로 배들이 돛을 달고 급히 달려가 작은 섬을 에워싸고 보니, 경상수사 원균의 군관의 배와 가덕첨사의 사후선(척후선) 등 두 척이 섬에서 들락 날락 하는데 그 짓거리가 황당했다. 두 배를 잡아매어 경상수사 원균에게 보냈던 바, 수사(원균)가 크게 성을 냈다고 했다. 알고 보니, 그 본의는 군관을 보내어 어부들의 목을 찾고 있었던 까닭이었다.

초저녁에 아들 염이 왔다.

사화랑에서 잤다.

29일 갑인(양력 3월 31일)

흐리다.

바람이 몹시 불까 염려되어 배를 칠천량으로 옮겼다.

우수사 이억기가 와서 봤다.

순천부사·광양현감도 왔다.
경상우수사(원균)가 와서 봤다.

30일 을묘(양력 4월 1일)

종일 비가 내렸다.
봉창 아래에 웅크리고 앉아 있었다.

계사년(1593년) 3월

초1일 병진(양력 4월 2일)

잠깐 맑다가 저녁에 비가 왔다.

방답첨사(이순신)가 왔다.

순천부사(권준)는 병으로 오지 못했다.

초2일 정사(양력 4월 3일)

온종일 비가 왔다.

배의 봉창 아래에 웅크리고 앉았으니, 온갖 회포가 가슴에 치밀어 올라 마음이 어지럽다.

이응화를 불러다가 한참 동안 이야기하다가 그대로 순천의 배로 보내어 병세를 살펴보게 했다고 한다.

이영남·이여염이 와서 원균 영감의 비리를 들으니, 더욱더 한탄스러울 따름이다.

이영남이 왜놈의 작은 칼을 두고 갔다. 그때 이영남에게서 들었는데, 강진의 두 사람이 살아 왔는데, 고성으로 붙들려 가 문초를 받고 왔다고 했다.

초3일 무오(양력 4월 4일)

아침에 비가 왔다.

오늘은 답청(삼짇날 돋아나는 싹을 밟음)하는 날인데, 흉악한 적들이 물러가지 않아 군사를 거느리고 바다에 떠 있다. 또 명나라 군사들이 서울에 들어왔는지 아닌지조차 듣지 못하니 민망하기 이를 데 없다.

종일 비가 내렸다.

초4일 기미(양력 4월 5일)

맑아졌다.

우수사 이억기 영감이 와서 종일 이야기했다.

원균 영감도 왔다.

순천부사가 병이 나 몹시 아프다고 한다.

소문에 들으니, 명나라 장수 이여송이 북로(함경도) 쪽으로 간 왜적들이 설한령을 넘었다는 말을 듣고는 송도까지 왔다가 서관(평안도)으로 되돌아갔다는 기별이 왔다. 통분함을 이길 길이 없다.

초5일 경신(양력 4월 6일)

맑다.

바람기가 매우 사납다. 순천부사(권준)가 병으로 도로 돌아간다기에 아침에 몸소 배웅하여 보냈다.

　탐후선이 왔다.

　내일로 적을 치자고 약속하였다.

초6일 신유(양력 4월 7일)

　맑다.

　새벽에 출항하여 웅천에 이르니, 적도들은 바쁘게 뭍으로 도망쳐 산중턱에 진을 쳤으므로, 관군이 철환과 편전을 비 오듯 마구 쏘니 죽는 자가 무척 많았다.

　포로가 되었던 사천에 사는 여인 한 명을 빼앗아 왔다.

　칠천량에서 잤다.

초7일 임술(양력 4월 8일)

　맑다.

　우수사(이억기)와 이야기했다.

　초저녁에 출항하여 걸망포(통영시 산양면 신전리 신전포)에 이르니, 날은 이미 새었다.

초8일 계해(양력 4월 9일)

　맑다.

한산도로 돌아와 아침밥을 먹고 나니, 광양현감(어영담)·낙안 군수·방답첨사(이순신)가 왔다.

방답첨사와 광양현감은 술과 안주를 많이 준비해 오고, 우수사(이억기)도 오고, 어란만호(정담수)도 소고기로 만든 음식 몇 가지를 보내왔다.

저녁에 비가 왔다.

초9일 갑자(양력 4월 10일)

궂은비가 종일 내렸다.

원식이 와서 봤다.

초10일 을축(양력 4월 11일)

맑다.

사량으로 가는 낙안 사람이 행재소(임금이 피란 가 계신 곳)에서 와서 전하기를, "명나라 군사들이 진작 송도까지 왔지만, 연일 비가 와서 길이 질므로, 행군하기가 어려워 날이 개기를 기다려서 서울로 들어가기로 약속했다."고 한다.

이 말을 듣고는 그 기쁨을 이길 길 없다.

첨사 이홍명이 와서 봤다.

11일 병인(양력 4월 12일)

맑다.

아침밥을 먹은 뒤에 원균 수사와 이억기 수사도 왔다. 같이 이야기하고 술도 마셨다.

원균 수사는 몹시 취하여 동헌으로 돌아갔다.

본영의 탐후선이 왔다.

돼지 세 마리를 잡아 왔다.

12일 정묘(양력 4월 13일)

맑다.

아침에 각 고을에 공문을 써 보냈다.

본영의 병방 이응춘이 공문을 마감하고 갔다.

아들 염과 나대용·덕민·김인문 등이 본영으로 돌아갔다.

식사한 뒤에 우수사(이억기)의 사첫방에서 바둑을 두었다.

광양현감이 술을 가져왔다.

한밤에 비가 왔다.

13일 무진(양력 4월 14일)

비가 많이 오다가 늦은 아침에야 개었다.

우수사 이억기와 첨사 이홍명이 바둑을 두었다.

14일 기사(양력 4월 15일)

맑다.

각 배를 출항시켜 배 만들 재목을 싣고 나서 왔다.

15일 경오(양력 4월 16일)

맑다.

우수사가 이곳에 왔다. 장수들이 관덕정에서 활을 쏘는데, 우리 편의 장수들이 이긴 것이 육십육 푼이다. 그래서 우수사가 떡과 술을 장만하여 왔다.

저물 무렵부터 비가 많이 쏟아지더니 밤새도록 퍼부었다.

16일 신미(양력 4월 17일)

저녁나절에야 맑다.

장수들이 또 활을 쏘았다. 우리 편의 여러 장수가 서른 푼 남짓을 이겼다.

원균 영감도 왔다. 많이 취하여서 돌아갔다.

낙안은 아침에 왔기에 고부로 가는 편지를 주어 보냈다.

17일 임신(양력 4월 18일)

맑으며 종일 센 바람이 불었다.

우수사와 함께 활을 쏘았다. 모양이 형편없으니 우습다.

신경황이 와서 전하기를 임금의 분부를 받들고 선전관(채진·안세걸)이 본영에 왔다고 했다. 곧 도로 돌려보냈다.

18일 계유(양력 4월 19일)

맑다.

바람이 세게 불어 사람이 출입조차 하지 못했다.

소비포권관과 아침밥을 먹었다. 우수사와 같이 장기를 두었는데 이겼다.

남해현령 기효근도 왔다.

저녁에 돼지 한 마리를 잡아 왔다.

밤 열 시에 비가 왔다.

19일 갑술(양력 4월 20일)

비가 내렸다.

우수사와 함께 이야기했다.

20일 을해(양력 4월 21일)

맑다.

우수사와 같이 이야기했다.

오후에 소문을 들으니, 선전관이 임금의 분부를 가지고 온다고
한다.

21일 병자(양력 4월 22일)
맑다.

22일 정축(양력 4월 23일)
맑다.

(날짜는 알 수 없으나, 계사년 3월 22일 이후 별도의 장부터 적혀 있다.)

예하에 내릴 공문
이제 섬 오랑캐의 변고는 오랜 옛적부터 아직 들은 바 없고, 역
사에도 전해진 것이 없습니다. 영남의 바다와 여러 성은 그 위세
를 보기만 하고서도 달아나 무너졌으며, 각 진의 크고 작은 장수
들은 한결같이 움츠리고 물러서 산골에 쥐 죽은 듯이 숨어 버렸
습니다. 임금은 서쪽으로 피란 가 버리어 연이어 삼경을 함락하였
습니다.

종사(宗社) 약속하는 일

오랜 옛적부터 아직 들은 바 없는 흉변이 우리 동방 예의의 나라에 차례로 미치었습니다. 가까운 경계 구역까지 오면 다하여 도와주었습니다. 영남 바다의 여러 성에는 왜적의 위세를 바라보고는 달아나 무너지니, 석권할 힘을 주게 되었습니다. 임금의 수레는 서쪽으로 옮겨 가고, 백성은 고기밥이 되고, 연이어 삼경이 함락되니 종사는 버려지고 오직 삼도수군은 있는 힘과 의리를 다 내고 죽음을 바치려 하지 않은 이 없을지라도, 기회가 마땅치 않고, 아직 뜻을 펴지 못하였습니다. 지금은 다행히 명나라 조정이 천하 대장군 도독 이여송을 파견하여 군사 십만을 거느리고 왜적을 멀리 쫓아내어 삼도를 회복하였다고 하는 바, 신하된 자는 기뻐 날뛰고 너무 기뻐서 말할 바를 모르고, 또 죽을 곳도 알지 못했습니다.

위에서는 연이어 선전관을 파견하여 죽이라고 임금이 명령했으니, 숨은 도적들을 한 척도 돌려보내지 않을 것이라고 정녕 하교하신지 오일이 되었다고 하거늘 정정 당당하게 충성을 다하고 몸을 잊어서라도 어제 적을 만나 지휘할 때 교묘히 피하여 머무는 사람이 많이 있어 너무도 통분하였습니다.

곧 마땅히 규율에 따라 전에도 많이 있었지만, 또 삼군에 내린 명령이 있을 뿐 아니라, 다시 효력이 있도록 지시하고, 또 군사의 일이라 한들 그 죄를 용서해 주고 적발하지 않거든 속사정을 들어 낱낱이 시키는 대로 받들어 행하였습니다.

구월 일일 밤 두 시에 출항하여 몰운대에 이르니, 경상우수사가 먼저 여러 장수를 거느리고 와, 다대포 앞바다로 돌아가 대었습니다. 우수사 이억기·경상우수사 원균과 더불어 서로 약속하고서 절영도 남쪽 바다에 이르러 부산을 바라보니, 좌우 산기슭에 적선이 무수하게 줄지어 대어 있을 뿐 아니라 좌우의 산중턱과 성안에 초가를 지어 흙을 쌓고 담을 쌓는 것이 가득하거늘 저는 울분을 참지 못했습니다. 장수들을 이끌고 선봉이 되어 본도(전라도)로 달려 들어왔더니, 우수사는 전라우수사와 경상우수사와 더불어 말하기를, 신의 뒤를 이어서 서로 어긋남 없이 나왔다 들어갔다 하면서 천자·지자 각 총통을 연방 쏘아 대어 왜적선 오십여 척을 깨뜨렸는데, 날이 어두워졌습니다.

더위가 극심한데 살피지 못하였지만 안녕히 잘 지내셨습니까? 전에 아팠던 학질과 이질이 이제는 어떠하십니까? 낮이나 밤이나 사모하는 마음 그지없습니다. 가뭄이 더욱 심하고, 강여울은 극히 얕아져서 적을 도우고 힘을 더해 주니, 신령과 하느님이 우리를 도와주지 않는 것이 이렇게 극에 이르렀습니다. 의분을 품어도 할 말이 없고, 화가 나 쓸개가 찢어지는 것 같습니다. 전에 안부 편지를 받았으나, 적탄을 맞은 자리의 아픔을 곧 알려 드리지 못한 것은 죽을죄를 지었습니다.

다만 지난번에 군사를 돌린 뒤로 사정은 더욱 무너져 다시 징발하는 것인데도 민심은 이미 무너져 세력을 모으기 어려울 것 같습니다.

적을 물리치는 일

이전에 선전관 조명이 가지고 온 임금의 분부와 편지를 받고, 저는 소속 수군을 거느리고, 경상우수사 원균이 거느린 전선 세 척과 더불어 옥포 등지로 거느리고 가서 적선 사십여 척을 분멸한 것을 보고하였습니다.

지난 오월 이십칠일에 도착 한 경상우수사 원균의 공문에, 적도들이 수륙으로 침범하여 우도의 여러 읍에는 적들이 그득하고, 곤양·사천도 함몰하여 패하였다고 합니다. 저는 소속 수군 장수들을 한편으로는 불러 모으고, 한편으로는 전라우수사에게 공문을 보내어 우도는 수로가 멀고 바람의 순역을 예측하기 어려우니, 넉넉잡아 유월 삼일까지 신이 있는 본영(여수) 앞바다에 모이기로 약속하고, 기일 안에 적과 싸우도록 하였는데, 이미 다시 ○○하면 기다렸다가 전라우수사가 기한대로 모이기로 하였습니다. 사세가 느리고 더디어질까 봐 오월 이십구일 새벽머리에 저는 소속 수군을 거느리고 곤양·남해 땅 노량에 이르렀는데, 경상우수사 원균은 신의 수군을 바라보고는 전선 세 척을 거느리고 왔습니다. 경상우수사 원균은 패군한 뒤로 군사 없는 장수이니 별로 지휘할 것이 없거니와, 그날 정오쯤에 적선 한 척이 곤양땅 중간의 태포에서 장난치며 천가호를 분탕하는 것을 찾아내려다가 우리 수군을 바라보고 달아나려 하는데 여러 배가 일시에 몰아냈습니다.

다만 요즘 이 지방의 민심을 살펴보니, 지난번에 군사를 돌린 뒤로 군의 사정은 근심하고 고통스러워하며 원망스러워 군사를 징발하는 명령을 내린다 해도 모두 달아날 꾀만 생각합니다. 이와 같으니 어떻게 지휘해야 할지 신의 어리석은 생각으로는 군사를 출전시킬 기한에도 불구하고, 한 번 휴가를 얻는다면 민심은 반드시 이렇게까지 이르지는 않았을 것입니다. 정예한 수군을 얻고 잡색 군중에 자원하는 사람을 모아 이들로 하여금 힘을 길러도 휴가를 가게 해야 할 것입니다.

팔월 초에 거느리고서 이 지방에서 나아가도록 지휘를 이어받아 죽음으로써 결전하니, 군량과 군기를 거의 경상도에서 다 썼으니, 다시 나가 싸우고 또 옮길 걱정만 난감합니다. 이 도로 하여금 미리 헤아려 보수를 주니 우러러봅니다. 이 도로 하여금 전쟁에 임하여서 부끄러움을 녹이려 합니다. 이와 같이 마음이 급급하여 무릇 혈기가 있는 자는 힘을 다하려 하지 않는 이가 없습니다.

인정이 이러하니 어찌하오리까?

그러나 대장의 명령이라 오히려 신중하여 감히 가벼이 할 수 없고, 일이 비록 다하고서 급속하면 인정과 마음을 살피지 않을 수 없습니다. 그런 처지입니다.

문안 편지를 받았습니다만, 잘 계신다고 하니 기쁘기 그지없습니다. 고기 부레를 내려 주십시오. 변고가 일어난 뒤로 여러 고을에 정하여 일체 바치지 않으니, 단지 장수가 마음속으로 열 장을 올려 보내라고 했으니 부끄럽습니다.

분함도 부끄러움도 참을 수 없고, 얻거나 잃음도, 이루거나 실패함도 서로 이같이 멀기만 한데 가히 경계할 수 없구나. 다시 군사를 일으켜 나라의 부끄러움을 씻고자 함이 이제는 너무도 바쁘기만 한데 오히려 더 신중해야 하며 감히 가벼이 군사를 일으켜 싸울 수 없도다. 형세를 살펴보니 근심하고 괴로우며 원망스러움이 독하기만 하다.

장마가 걷히자 가뭄이 들고 더위가 혹심한데, 살피지 못하였지만 안녕히 잘 지내셨습니까? 우러러 사모합니다. 전에 아팠던 이질은 이제 어떠하십니까? 삼가 사모하는 마음 그지없습니다. 제 생각이 아무 소용이 없겠습니다만, 두 번이나 주신 글을 받았음에도 곧 나아가려 했으나, 접전할 적에 몸을 돌보지 않고 시석(矢石)을 무릅쓰고 분투하다가 적의 탄환을 맞아 매우 무겁게 되었습니다. 비록 죽을 만큼 다치지는 않았습니다만 그 뒤로도 연일 갑옷을 입고 서로 싸우고 있으니, 구멍이 헐어서 궂은 물이 줄줄 흘러 나와, 아직도 옷을 입을 수 없었습니다. 뽕나무 잿물과 바닷물로 연일 씻어도 아직 별로 차도가 없으며 치료하러 다니고 있으나 아직 아픈 고비를 넘기지 못하고 있어 민망합니다.

군사를 출발시킬 날이 언제로 정해졌습니까? 단지 이 지방의 민심이 무너져 흩어졌으며 징병한다는 소식만 듣고도 바삐 달아나 피하려고만 한다니 통분함을 이길 길 없습니다. 뿐만 아니라 어깨뼈를 깊이 다쳐 아직도 활시위를 당길 수 없어 버린 몸이 되었습니다. 팔을 쓸 수가 없고 또 활시위를 당길 수 없고 민망스럽습니다.

임금에게 충성하는 일에는 생각만 바쁘며, 몸의 병이 예까지 이르렀으니, 북쪽을 바라보며 길이 탄식할 따름입니다.

군사를 움직이는 시기는 언제인지 정해졌습니까? 요즘 이 지방의 민심을 보니, 한 번 징병한다는 소식을 듣기만 하여도 모두 달아날 꾀만 품고 있습니다. 연해의 사람들도 거의 이미 무너져 흩어졌고 또 하는 말이 물길을 따라가서 평안도 지방으로 옮겨 간다면 되돌아올 수 없다고 하고, 바닷가 땅에서는 방어할 사람도 없고, 앞으로는 적의 소굴이 될 것이며, 부모처자 다시 서로 볼 수 없을 것이라고 합니다. 민심이 이 지경까지 되었으니 무엇으로 다스릴 수 있겠습니까?

순천부사가 죄인을 잡아 올 사람을 보내어 힘을 다하여 잡아 왔으나 와야 할 사람은 매우 드물다고 하니, 통분하기 그지없습니다. 각 포구의 보고의 내용도 이와 같습니다.

그렇지 않으면 그 기한을 넉넉히 잡아 의리 때문에 새벽까지 기다렸다가 이를 잡아 왔습니다. 아래쪽 삼도(경상·전라·충청)에는 겨우 온전한 것은 이 도가 대충 그렇고, 만약 이 도를 잃는다면 회복할 길이 없어집니다. 낮이나 밤이나 울다 지쳐 목이 멥니다. 더욱더 이 도를 잃게 되어 잘못하지 않게 하도록 회복할 꾀를 오래 생각해야 하겠습니다.

종사를 도로 찾는다면 천만다행이겠습니다. 이백 두 장수의 (충성된) 죽음은 모두 스스로 저지른 것입니다. 요행히 만일에 사실이 아니라 해도 병가에서는 오랜 계산에서 나온 것입니다.

지난번 임금의 분부에 따라 이 도의 공문에 지금 의병을 많이 모아 올려 보낸다는 말을 들으니, 저는 앞으로 해야 할 일을 모르겠습니다. 저는 비록 아직 스스로 적을 죽일 능력이 없어 지시한 대로 거느리기만 하면 가히 이룰 수 있을 것입니다.

그러나 싸움말이 한 필도 없고 군관들도 한 필의 말을 가지고 있지 않으니 어찌해야 할지요. 전쟁 도구를 다스리지 않으니 싸울 수가 없습니다. 병기는 일찍이 경상도 싸움에서 거의 다 써 버렸기 때문에 나머지는 매우 엉성하여 이제 곧 조치하여 준비하기만 하면 두려움이 없을 것입니다. 그중에서도 화약이 매우 어려우니 민망합니다.

지난번 임금의 분부에 따라 이 도의 공문에, 좌우의 병세로 하여금 적이 돌아갈 길을 끊어 막는다면 적을 멸하는 데는 더할 나위 없습니다. 그래서 일찍 경상수사 본도(전라)우수사와 소속 여러 장수와 더불어 이미 기일을 정한대로 이 명령을 내리면 어떻겠습니까? 처음에는 십오일로 잡았으며, 이제는 이 도로 하여금 약속을 가지고 오라고 하시니 물려서 이십칠일로 정하였습니다. 대개 물길을 따라 가니 이것은 좋은 계책이 아니요, 다만 짐배를 정하여 군량을 수송하는 것이 매우 합리적일 것 같으니 짐작하여 처리하기를 간절히 바랍니다.

살피지 못했지만 안녕히 잘 지내셨습니까? 삼가 사모하는 마음 그지없습니다. 전에 두 번이나 글을 받고 진작 뵈옵고 또 의병을 일으켜 적을 토벌하여 임금에게 충성하는 일을 건의코자 했습니다만 접전할 적에 조심하지 않아 적탄을 맞았으나 죽음에 이를 만큼 다치지는 않았습니다. 연일 갑옷을 입고 있는 데다 다친 구멍이 넓게 헐어 궂은 물이 줄줄 흘러 아직도 옷을 입을 수 없습니다. 밤낮을 잊고서 혹 뽕나무 잿물로, 혹 바닷물로 씻어 보지만 아직 별로 차도가 없으니 민망합니다.

군사를 출발하는 날이 정해진 것이 언제입니까? 소속 변방의 장수 중에서는 녹도만호·방답첨사가 있고, 수령 중에서는 흥양현감·순천부사·낙안군수가 있습니다. 이 지방의 사람들이 모두 무너져 흐트러지려는 마음을 품고 있고, 우도의 각 고을과 포구도 혹 스스로 무너질 곳이 있습니다. 아직 적의 얼굴조차 보지 못했으며, 오히려 나아진 것이 이와 같습니다.

왜적을 분멸하고 곧 바로 사천선창에 이르렀더니 무려 삼백오십여 명의 왜적이 산봉우리에 진을 치고 있고, 산 아래에 줄지은 배들은 대선 칠 척·중선 오 척이 깃발을 꽂아 두고서 날뛰고 있었습니다. 거북함으로 하여금 돌진케 하고, 천자·지자 총통을 연이어 쏘아 대며 여러 배가 한꺼번에 진격하여 화살을 쏘고 탄환을 쏘는 것이 바람과 비처럼 어지러우니, 왜적들은 물러가 숨어 버리고, 화살을 맞아 물에 빠지는 자와, 혹 끌어안고 산으로 올라가 는 자가 셀 수 없이 많았습니다. 왜놈의 머리를 많이 베고 또 왜장의 머리를 베었으며, 배는 남김없이 다 분멸하였습니다.

이튿날 유월 일일 고성 땅 모사랑포에 진을 치고 밤을 보냈습니다. 유월 이일 이른 새벽에 출항하여 경쾌선으로 하여금 왜적이 머물러 있는 곳을 찾아내게 하였더니, 그 회신 보고에, 당포에 왜 대선 열두 척, 소선 스무 척이 머물러 대어 있는데, 천천히 육지에 내려 당포 고을의 집들을 분탕하고 있었습니다. 더러는 배 위에 있다고 보고하므로, 다시 장수들을 격려하여 한꺼번에 따라가서 소선 두 척을 유인하였는데, 충루가 있는 대선과 여러 배는 노를 저어 따라 나오는지라, 소리 지르며 나발을 불게 하여 여러 장수를 지휘하여 한꺼번에 둘러쌌습니다. 먼저 거북배로 하여금 곧장 쳐들어가 연이어 천자·지자 총통을 쏘아 그 충루가 있는 대선을 깨뜨렸습니다. 왜적들은 스스로 그 힘으로는 우리를 당할 수 없음을 알고 도로 당포선창으로 들어가 육지로 내려가는데, 철환과 화살을 쏘는 것이 바람과 비처럼 나가니, 거의 다 맞아 다치거나 죽은 자도 많았습니다. 먼저 왜장과 그를 따르는 왜놈의 목 칠 급을 베었으며, 나머지 배들을 모두 불태웠습니다. 또 망보는 군사가 보고하기를, 왜 대선 스무 척 소선 열 척이 접때와 같다고 하거늘, 재촉하여 바다 가운데로 나가 찾아서 보니, 과연 그 말대로였습니다.

왜적들은 우리 수군을 바라보고서는 물러나 숨으려고 견내량으로 향하였습니다. 날도 벌써 저물어서 그대로 머물러 밤을 지냈습니다.

　이튿날 삼일에는 우리 수군을 정비하여 협공하고 찾아서 토벌하려다가 전혀 흔적이 없었으므로, 먼저 작은 경쾌선으로 하여금 적이 있는 곳으로 보내어 찾으려고 그대로 머물게 하여 우수사를 기다렸습니다. 사일 정오쯤에 우수사가 수군을 거느리고 와서 대었습니다. 그와 더불어 견내량에서 약속하고 착포에서 밤을 지내고서 출항하였습니다. 고성 이십 리쯤 못 미쳐서 섬 하나가 있는데, 한 사람이 나를 불러 말하기를, 왜적선 대·중·소 아울러 삼십여 척이 지금 고성 땅 당항포에 들어와서 분주히 드나들고 있다고 하거늘, 그 당항포로

（이 뒤에는 글이 없다.）

　살피지 못하였지만 안녕히 잘 지내셨습니까?

　이토록 우러러 생각하여도 제 정성이야 아무 소용이 없겠지요. 일찍 건강이 편치 않으시단 말을 듣고도 먼 바다를 지키고 있어 아직도 안부를 살피기 어려워 민망하기 그지없습니다.

　이곳의 적의 형세는 요즘 다른 흔적은 없고, 날마다 정탐해 보니, 굶주린 빛이 많이 있어, 그 뜻이 반드시 곡식이 익기를 기다리는 모양인데, 감추고 있습니다. 우리나라의 방비는 곳곳이 허술하

고 도무지 방어하며 지키는 꼴이라고는 할 수가 없습니다. 왜놈들 중에 기이하게 여기는 것은 수군인데 수군으로써 싸움에 나서는 자가 아무도 없고, 관찰사에게 공문을 보내어도 얼추 감독할 뜻을 가지지 않으며, 군량조차 의뢰할 길이 없어, 온갖 생각을 해봐도 조처할 도리가 없으니, 수군의 일은 어쩔 수 없이 파하게 되겠습니다. 저 같은 한 몸이야 만 번 죽어도 아깝지 않겠지만, 나라 일을 어찌하오리까?

전라도에 새로 온 관찰사와 원수조차 군관을 보내어 바닷가 수군의 양식을 곳간째 털어서 싣고 가니, 저는 다른 도의 먼 바다에 나와 있으니 어떻게 조치할 길이 없어서 사세가 이렇게까지 되었으니 어찌하오리까?

만약 특별히 수군에 어사를 보내어 수군에 관한 일을 통틀어 검사하게 한다면 바로잡을 도리가 있을 것입니다. 그래서 장계를 올렸으나, 아직 조정의 처분을 알 수가 없습니다. 종사관 정경달이 둔전을 감독하는 일에 무척 애썼는데, 전 관찰사의 공문에는 관찰사 이외에는 둔전을 계속 경작할 수 없고 일체 검사하지 말라고 하니 그 뜻을 알 수…….

계사년(1953년) 4월

기록에 없음.

계사년(1953년) 5월

초1일 갑인(양력 5월 30일)

맑다.

새벽에 망궐례를 하였다.

초2일 을묘(양력 5월 31일)

맑다.

선전관 이춘영이 임금의 분부를 가지고 왔다.

"적의 퇴로를 차단하고, 적을 섬멸하라."는 것이었다.

이날 보성군수(김득광)·발포만호(황정록)가 와서 모이고, 나머지 장수들은 정한 기일을 물렸기 때문에 모이지 못하였다.

초3일 병진(양력 6월 1일)

맑다.

우수사(이억기)가 수군을 거느리고 왔는데, 수군들이 많이 뒤떨어져 한탄스럽다.

선전관 이춘영이 돌아가고, 이순일도 왔다.

초4일 정사(양력 6월 2일)

맑다.

오늘이 곧 어머니 생신날이건만 이런 적을 토벌하는 일 때문에 가서 축수의 잔을 올리지 못하니, 평생 한이 되겠다.

우수사, 군관들과 함께 진해루에서 활을 쏘았다.

순천부사도 모여서 약속하였다.

초5일 무오(양력 6월 3일)

맑다.

선전관 이순일이 영남에서 돌아왔다. 아침밥을 대접하였다.

명나라에서 내게 은청금자광록대부(명나라의 직품)를 주었다고 한다. 아마 잘못 들은 것이리라.

저녁나절에 우수사·순천·광양·낙안의 영감들과 함께 같이 앉아 술을 마시며 이야기했다. 또 군관들을 편을 갈라 활을 쏘게 하였다.

초6일 기미(양력 6월 4일)

흐린 뒤에 비가 내렸다.

아침에 친척 신정과 조카 봉이 게바우개에서 왔다.

저녁나절에 퍼붓듯 내리는 비가 온종일 그치지 않았다.

내와 개울물이 넘쳐흘러 농민들에게 희망을 주니 참으로 다행이다.

저녁 내내 친척 신 씨와 같이 이야기했다.

초7일 경신(양력 6월 5일)

흐리되 비는 오지 않았다.

우수사(이억기)와 함께 아침밥을 먹고 진해루로 옮겨 앉아 공무를 돈 뒤에 배를 타고 떠났다.

발포의 도망간 수군을 처형했으나, 순천의 이방에게는 입대에 관한 일을 태만히 한 죄를 처형하지 못하고 그만두었다.

미조항에 이르자, 샛바람이 세게 불어 파도가 산 같아 간신히 이르러 대고 잤다.

초8일 신유(양력 6월 6일)

흐리되 비는 오지 않았다.

새벽에 출항하여 사량 바다 가운데에 이르니, 만호(이여염)가 나오므로 우수사가 있는 곳을 물었더니, 지금 창신도(남해군 창선도)에 있다고 하며, 군사들이 모이지 않아 미처 배를 타지 못했다고 했다.

곧바로 당포에 이르니, 이영남이 와서 수사(원균)가 망녕된 짓을 많이 함을 자세히 말했다.

잤다.

초9일 임술(양력 6월 7일)

흐리다.

아침에 출항하여 걸망포에 이르니, 바람이 불순했다.

수사(이억기)·가리포첨사(구사직)와 한자리에 앉아서 이야기하며 의논했다.

저녁에 수사 원균이 배 두 척을 거느리고 왔다.

초10일 계해(양력 6월 8일)

흐리되 비는 오지 않았다.

아침에 출항하여 견내량에 이르러 저녁나절에 작은 마루 위로 올라가 앉았다.

홍양(고흥)의 군사를 점검했다. 기약한 날짜를 어긴 여러 장수의 죄를 처벌하였다.

우수사·가리포첨사도 모여 같이 이야기했다.

조금 뒤에 선전관 고세충이 임금의 분부를 받들고 와서 전하였는데, "부산으로 후퇴하여 돌아가는 왜적을 무찌르라."는 것이었다.

부찰사의 군관 민종의가 공문을 가지고 왔다.

저녁에 영남우후 이의득·이영남이 와서 봤다. 앉아서 이야기하다가 밤이 깊어서야 헤어져 돌아갔다.

봉사 윤제현이 본영에 이르렀다는 편지가 왔다. 답장을 보냈다. 그것은 본영에서 좀 기다리라는 내용이었다.

거제도 견내량 진중에는 전라우대장, 경상중위장, 김승룡, 경상우대장, 전위장 기효근, 좌중위장 권준, 우중위장 구사직, 좌좌부장 신호, 전부장 이순신, 중부장 어영담, 척후장 김완, 김인영, 유군장 황정록, 우부장 김득광, 후부장 가안책, 대장 송여종, 참퇴장 이응화

11일 갑자(양력 6월 9일)

맑다.

선전관이 돌아갔다. 저녁나절에 우수사의 진중으로 갔더니, 이홍명과 가리포첨사가 있다. 바둑을 두기도 했다.

순천부사가 오고, 광양현감이 이어서 왔다. 가리포첨사가 술과 고기를 내었다.

조금 있다가 영등포(거제시 장목면 구영리)로 적정을 탐지하러 갔던 사람들이 돌아와 보고하기를, "가덕도 앞바다에 적선이 무려 이백여 척이나 머물면서 드나들며 웅천에는 전일과 같다."고

했다.

선전관이 돌아갈 때 임금의 분부를 집행하는 데 관해서 도원수·체찰사에게 삼도의 공문을 한 서류로 만들어, 그걸 가지고 가는 사람도 함께 떠나보냈다.

이날 남해현감도 와서 봤다.

12일 을축(양력 6월 10일)

맑다.

본영 탐후선이 들어왔다. 그 편에 순찰사의 공문과 시랑 송응창이 패문을 가지고 왔다. 사복시의 말 다섯 필을 중국에 보내려고 올려 보내라는 공문도 왔다. 그래서 병방 진무를 띄워 보냈다.

저녁나절에 영남에서 온 선전관 성문개가 와서 봤다.

피란 중에 계신 임금의 사정을 자세히 전하였다. 통곡함을 가누지 못했다.

새로 만든 정철총통을 비변사로 보내면서 흑각궁·과녁·화살을 넉넉하게 보냈다. 앞의 성이라는 사람(성문개)은 순변사 이일의 사위이라고 한 때문이다.

저녁에 이영남·윤동구가 와서 봤다.

고성현령 조응도도 와서 봤다.

이날 새벽에 좌·우도 체탐인을 정하여 영등포 등지로 보냈다.

13일 병인(양력 6월 11일)

맑다.

식사를 하고 나서 작은 산봉우리에 과녁을 쳐 매달아 놓고, 순천부사·광양현감·방답첨사·사도첨사 및 우후·발포만호가 편을 갈라 활을 쏘아 자웅을 겨루다가 날이 저물어 배로 내려왔다.

밤에 소문을 들으니 영남우수사에게 선전관 도언량이 와 있다고 한다.

오늘 저녁 달빛은 배에 가득 차고, 홀로 앉아 이리 뒤척 저리 뒤척이니 온갖 근심이 가슴을 치민다. 자려 해도 잠을 이루지 못하다가 닭이 울 때에야 풋잠이 들었다.

14일 정묘(양력 6월 12일)

맑다.

선전관 박진종이 왔다.

같은 시각에 선전관 영산령 예윤이 또 임금의 분부를 받들고 왔다. 그들에게서 명나라 군사들의 하는 짓을 들으니 참으로 통탄스럽다.

우수사(이억기)의 배에 옮겨 타고 선전관과 이야기하며, 술을 두어 순 배 돌리자, 영남우수사 원균이 나타나서 술을 함부로 마시고 못할 말이 없으니, 배 안의 모든 장병이 분개하지 않는 이가 없다. 그럴 듯이 속이는 것을 말할 수 없다.

영산 영감이 취하여 엎어져 인사불성이 되었으니 우습다.

이날 저녁에 두 선전관이 돌아갔다.

15일 무진(양력 6월 13일)

맑다.

아침에 낙안군수(신호)가 와서 봤다. 조금 뒤에 윤동구가 그의 대장이 장계한 초본을 가지고 와서 보이는데, 그럴 듯이 속이는 것이라 말할 수 없다.

순천부사·광양현감이 와서 봤다.

늦은 아침에 조카 해와 아들 울이 봉사 윤제현과 함께 왔다.

마침 정오에 활 쏘는 곳에 이르러 순천·광양·사도·방답 등과 자웅을 겨루는데, 나도 쏘았다.

저녁에 배로 돌아와 봉사 윤제현과 자세히 이야기했다.

16일 기사(양력 6월 14일)

맑다.

아침에 적량만호 고여우, 감목관 이효가, 이응화, 강응표 등이 와서 봤다.

각 고을에 공문과 소장을 써 보냈다.

조카 해와 아들 회가 돌아갔다.

몸이 몹시 불편하여 베개를 베고 신음하다가, 명나라 장수가 중도에서 늦추며, 머무르는 것은 무슨 교묘한 술책일 것이라는 말이 생각났다. 나라를 위해 걱정이 많은 중에 일일이 이러하니, 더욱 더 한심스러워 눈물이 쏟아졌다.

점심을 먹을 때 윤동구에게서 서울 관동의 숙모가 양주의 천천(楊州 泉川, 양주군 회천읍 회천)으로 피난 갔다가 거기에서 작고 하셨다는 말을 듣고 통곡을 참지 못했다.

그러나 언제부터 세상사가 이토록 가혹한가! 장사 지내는 일은 누가 맡아서 지내는지!

대진이 먼저 세상을 떠났다는 말을 들으니, 더욱 애통하다.

17일 경오(양력 6월 15일)

맑다.

새벽에 바람이 세게 불었다.

아침에 순천부사·광양현감·보성군수·발포만호 및 이응화가 와서 봤다. 변존서가 병으로 돌아갔다.

영남수사(원균)가 군관을 보내어 진양의 보고서를 가지고 왔다. 보았더니, 제독 이여송은 지금 충주에 있다 하고, 적도들은 사방으로 흩어져 분탕질하며 약탈을 일삼고 있다고 한다. 통분하고

도 통분하다.

종일 바람이 세게 부니, 마음이 어지럽다.

고성현령이 군관을 보내어 문안하고, 또 추로수(秋露水, 약술 이름)와 소고기 요리한 꼬치와 꿀통을 가져왔다고 한다. 복중(服中)이라 받자니 미안하고, 그렇다 해서 정으로 보낸 것을 의리상 돌려보낼 수도 없으므로 군관들에게 주었다.

몸이 몹시 불편하여 일찍 선실로 들어갔다.

18일 신미(양력 6월 16일)

맑다.

이른 아침에 몸이 무척 불편하여 온백원(위장약) 네 알을 먹었다.

아침밥을 먹은 뒤에 우수사와 가리포첨사가 와서 봤다. 조금 있다가 시원하게 설사가 나오니 좀 편안해진다.

종 목년이 게바우개(蟹浦, 아산시 염치읍 해암리 해포)에서 왔는데, 어머니께서 평안하시다고 한다. 곧 답장을 써 돌려보내며 미역 다섯 동을 함께 보냈다.

이날 접반사에게 적세에 관한 공문을 삼도에 한 서류로 만들어 보냈다.

전주부윤(권율)이 공문을 보냈는데, 지금 겸순찰사 절제일을 맡게 되었다고 하면서 도장은 찍지 않았으니, 까닭을 모르겠다.

방답첨사가 와서 봤다.

대금산과 영등포 등지의 척후병이 보고하기를, 왜적들이 나타나기는 하지만 그리 큰 음흉한 꾀는 없다고 했다.

새로 협선 두 척을 만드는데 못이 없다고 한다.

19일 임신(양력 6월 17일)

맑다.

아침밥을 봉사 윤제현과 같이 먹는데, 여러 장수가 몹시 권하고, 몸이 불편해도 억지로 입맛을 내게 하니 더욱더 비통하다.

순찰사의 공문에는 명나라 장수의 패문에 의하여 부산 바다 어귀는 벌써 끊어 막았다고 한다.

곧 공문을 받았다는 확인서를 써 보내고 또 공무에 관한 보고를 써서 보성 사람이 지니고 가게 했다.

순천부사가 소고기 등 일곱 가지를 보내왔다. 방답첨사와 이홍명(李弘明)이 와서 봤다.

기숙흠(奇叔欽)도 와서 봤다.

영등포 척후병이 와서 다른 변고는 없다고 했다.

20일 계유(양력 6월 18일)

맑다.

새벽에 대금산 척후병이 와서 보고하는데 역시 영등포의 척후병과 같았다.

저녁나절에 순천부사가 오고 소비포권관도 왔다.

오후에 척후병이 와서 보고하여 말하기를, 왜선은 보이지 않는다고 한다. 그래서 본영군관 등에게 왜놈의 물건을 실어 올 일에 관한 편지를 썼다.

흥양 사람이 지니고 가게 일러서 보냈다.

21일 갑술(양력 6월 19일)

새벽에 출항하여 거제 유자도(통영시 한산면 유자도, 한산도와 서좌도 사이) 가운데 바다에 이르니, 대금산 척후병이 와서 왜적의 출몰이 여전하다고 한다.

우수사와 같이 저녁 내내 이야기했다.

이홍명도 왔다.

오후 두 시쯤에 비가 왔다. 농민이 바라던 것을 조금이나마 생기가 돌게 했다.

이영남이 와서 봤다. 수사 원균이 거짓 내용으로 공문을 보내어 대군을 동요케 했다. 군중에서조차 속임이 이러하니, 그 흉측함을 말할 수 없다.

마침내 밤에 미친 듯이 비바람이 일었다.

먼동 틀 무렵 거제도 선창에 배를 대니 곧 이십이일이다.

22일 을해(양력 6월 20일)

비가 내렸다.

사람들이 바라던 차에 아주 흡족하게 왔다. 늦은 아침에 나대용이 본영에서 명나라 시랑(송응창)의 패문을 가지고 왔는데, 파견원과 본도 도사 행(낮은 직책으로 높은 품계를 맡은 것) 상호군 선전관 한 사람이 먼저 기별을 가지고 왔다. 그건 송시랑이 파견한 사람이 전선을 시찰하러 온다고 했다.

곧 우후로 하여금 영접하도록 내보내고, 오후에 칠천량으로 옮겨 대었다.

나대용으로 하여금 문안하는 일로 내어보냈다.

저녁에 방답이 와서 명나라 사람 접대할 일을 말했다.

영남우수사의 군관 김준계가 와서 저희 장수의 뜻을 전했다.

비가 종일 그치지 않는다.

흥양군관 이호가 죽었다는 소식을 들었다.

23일 병자(양력 6월 21일)

새벽에 흐리고 비는 오지 않더니, 저녁에 비가 오락가락한다.

우수사가 오고 이홍명도 왔다.

영남우병사의 군관이 와서 적의 소식을 전했다.

본도(전라도)의 병마사(선거이)의 편지 및 공문이 왔는데, "창원에 있는 적을 치고 싶으나, 적의 형세가 거세기 때문에 경솔히 나아갈 수 없다."고 한다.

저녁에 아들 회가 와서, "명나라 관원이 영문에 와서 배를 타고 떠나온다."고 전했다.

어두울 무렵 영남수사(원균)도 명나라 관원을 접대하는 일로 와서 의논하였다.

24일 정축(양력 6월 22일)

비가 오락가락했다.

아침에 거제 앞 칠천량 바다 어귀로 진을 옮겼다.

나대용이 명나라 관원을 사량 뒷바다에서 발견하고 먼저 와서 전하되, "명나라 관원과 통역 표헌과 선전관 목광흠이 함께 온다."고 했다. 오후 두 시쯤에 명나라 관원 양보가 진문에 이르므로, 우별도위 이설을 마중하게 하여 배로 안내하여 오니, 매우 기뻐하는 기색이었다. 우리 배로 청하여 오르게 하고, 황제의 은혜를 재삼 사례하며 마주 앉기를 청하니 굳이 사양하였다. 그는 앉지 않고 선 채로 한 시간이 지나도록 이야기하며 수군이 장하다고 매우 칭찬하였다.

예물 명단을 올리니, 처음에는 굳이 사양하는 듯하더니, 마침내 받고는 매우 기뻐하며 두 번 세 번 감사하다고 했다.

선전관이 표신을 평상에 놓은 뒤에 조용히 이야기했다.

아들 회가 밤에 본영으로 돌아갔다.

25일 무인(양력 6월 23일)

맑다.

명나라 관원과 선전관은 숙취로 술이 깨지 않았다. 아침에 통역 표헌을 다시 청하여 맞아들여 명나라 장수가 하는 일을 물었더니, 명나라 장수의 뜻이 무엇인지 알 수가 없었다. 다만 "왜적을 쫓아 보내려고만 할 따름이다."고만 하였다.

또 말하기를, 송시랑이 수군이 허실을 알고자 하여, 자기가 데리고 온 군중탐정 양보를 보낸 것인데, 수군의 위세가 이렇게도 장하니 기쁘기 한이 없다고 했다.

늦게야 명나라 관원이 본영으로 돌아갔다. 그래서 증명서를 주었다.

오정에 거제현 앞 유자도 앞 바다 가운데에 진을 옮기고서 우수사(이억기)와 작전을 토의하였다. 광양현감이 오고, 최천보·이홍명이 와서 바둑을 두고 헤어졌다.

저녁에 조붕이 와서 이야기하고 보냈다.

초저녁이 지나서 영남에서 오는 명나라 사람 두 명과 우도관찰사의 영리 한 사람과, 접반사 군관 한 사람이 진문에 이르렀으나, 밤이 깊어 들이지 아니하였다.

26일 기묘(양력 6월 24일)

비가 내렸다.

아침에 명나라 사람을 만나 보니, 절강성의 포수 왕경득인데, 문자를 좀 알았다. 한참 동안이나 이야기했지만 알아들을 수가 없으니, 답답했다.

순천부사가 집에다 노루 고기를 차려 놓았다.

광양현감도 왔다. 우수사 영감이 와서 함께 이야기했다. 가리포는 불렀으나 오지 않았다.

비가 저녁내 그치지 않고 밤새도록 퍼부었다. 밤 열 시쯤부터 바람이 세게 불어 각 배가 가만히 있지 못했다.

처음에는 우수사의 배와 맞부딪치는 것을 겨우 구해 놓았더니, 또 발포만호(황정록)가 탄 배와 맞부딪쳐 거의 부서질 뻔하다가 겨우 면하고, 내 군관 송한련이 탄 협선은 발포 배에 부딪쳐 많이 다쳤다고 한다.

늦은 아침에 영남우수사(원균)가 와서 보고는 돌아갔다.

순변사 이빈이 공문을 보냈는데, 허튼소리가 많으니 가소롭다.

27일 경진(양력 6월 25일)

비바람에 부딪친 까닭에 진을 유자도로 옮겼다.

협선 세 척이 간 곳이 없더니, 저녁나절이 되자 돌아왔다.

순천부사와 광양현감이 와서 노루 고기를 차려 놓았다.

영남병마사(최경회)의 답장이 왔다. 그걸 보더니 수사 원균은 경략 송응창이 보낸 화전을 혼자서 쓰려고 꾀를 내었다. 우습고도 우습다.

전라병마사(선거이)의 편지도 왔는데, "창원의 적들은 오늘 토벌하려 했다가 비가 오고 개이지 않아 아직 나가 치지 못했다."고 했다.

28일 신사(양력 6월 26일)

종일 비가 내렸다.

순천부사와 이홍명이 와서 이야기했다. 광양 사람이 장계를 가지고 왔다.

독운어사 임발영을 위에서도 몹시 좋지 않게 여겨 아울러 조사하여 처벌하라는 명령을 내렸고, 수군으로 한 가족을 징발하는 일에 대해서도 전에 내린 명령대로 하라고 했다.

비변사에서 공문이 왔다. 광양현감은 그대로 유임시킨다는 것이었다.

승정원의 관보를 가져왔기에 이를 대강 보았더니 얼마나 통분한지 알 수가 없다.

의병 용호장 성응지에게 그 배를 바꿔 달 수 있도록 명령서를 써서 본영으로 보냈다.

29일 임오(양력 6월 27일)

비가 내렸다.

방답첨사와 영등포만호 우치적이 와서 봤다.

공문을 만들어 접반사(김수)·도원수(김명원)·순변사(이빈)·순찰사(권율)·병마사(선거이)·방어사(이복남) 등에게 보냈다.

밤 열 시에 변유헌과 이수 등이 왔다.

30일 계미(양력 6월 28일)

종일 비가 내렸다.

오후 네 시쯤에 잠깐 개다가 도로 비가 왔다.

아침에 봉사 윤제현·변유헌에게 왜적에 관한 일을 물었다.

이홍명이 와서 봤다. 수사 원균은 경략 송응창이 보낸 화전을 혼자만 쓰려고 꾀하다가 병사의 공문에 나누어 보내라고 하니, 공문도 내려고 하지 않고 무리한 말만 자꾸 지껄였다고 한다. 우습다.

명나라의 고관이 보낸 화공 무기인 화전 천오백서른 개를 나누어 보내지 않고 독차지하여 쓰려고 한다니 그 꾀부리는 꼴을 말로 할 수 없는 일이다.

저녁에 조붕이 와서 이야기하였다. 남해현령 기효근의 배를 내 배 곁에 대었는데, 그 배 안에 어린 계집을 태우고 남이 알까봐 두려워한다고 한다. 가소롭다.

이 나라가 위급한 때를 맞았는데도 미인을 태우고 놀아나니, 그 마음 씀씀이야 무엇이라고 말로 표현할 수가 없다. 그러나 그 대장 원균 수사부터 역시 그러하니 어찌하랴!

봉사 윤제현이 일이 있어 본영으로 돌아갔다. 군량미 열넉 섬을 실어 왔다.

계사년(1953년) 6월

초1일 갑신(양력 6월 29일)

아침에 탐후선이 들어왔다. 어머니 편지도 왔는데, 평안하시다고 한다. 다행 다행이다.

아들의 편지와 조카 봉의 편지가 한꺼번에 왔다.

명나라 관원 양보가 왜놈의 물건을 보고 기뻐 날뛰었다고 한다. 왜놈의 말안장 하나를 가지고 갔다고 한다.

순천부사·광양 현감이 와서 봤다. 탐후선이 왜놈의 물건을 가져왔다.

충청수사 정걸 영감이 왔다.

나대용, 김인문, 방응원과 조카 봉도 왔다. 그 편에 어머니가 평안하심을 알았다. 다행 다행이다.

충청수사 정걸 영감과 함께 조용히 이야기하였다. 저녁밥을 대접했는데, 그 편에 들으니, 황정욱·이영이 강가로 나가서 같이 이야기했다고 한다. 한심스러움을 이기지 못하겠다.

이날은 맑았다.

초2일 을유(양력 6월 30일)

맑다.

아침에 본영의 공문을 적어 보냈다.

온양의 강용수가 진에 와서 명함을 드리고 나서 와 보고서 먼저 경상도 본영으로 갔다.

판옥선과 군관 송두남, 이경조, 정사립 등이 본영으로 돌아갔다.

아침을 먹고 나서 순찰사 군관이 공문을 가지고 왔다.

적의 정세를 알아서 돌아가는데 우수사와 상의하여 답하여 보냈다.

강용수도 왔다. 양식 다섯 말을 주어 보냈다. 원훈이 같이 왔다고 한다. 정 영감도 배에 와서 같이 이야기했다.

가리포첨사 우경과 같이 한 시간이나 이야기하였다.

저녁에 송아지를 잡아서 나누어 먹었다.

초3일 병술(양력 7월 1일)

새벽에 맑더니 저녁나절에 비가 많이 왔다.

지휘선에 연기를 그을리려고 좌별선에 옮겨 탔다. 막 활쏘기를 하려는데, 비가 많이 왔다. 온 배에 비가 새지 않는 곳이 없어 앉을 만한 마른 곳이 없다. 한심스럽다.

평산포만호, 소비포권관, 방답첨사가 함께 와서 봤다.

저물 무렵에 순찰사(권율), 순변사(이빈), 병사(선거이), 방어사

(이복남) 등의 답장이 왔는데 딱한 사정이 많았다.

각도의 군마가 많아야 오천 마리를 넘지 못한다고 하고, 양식도 거의 다 떨어졌다고 했다. 왜적들의 발악이 날로 더해 가는 이때에 일마다 이와 같으니 어찌하랴! 어찌하랴!

초저녁에 상선으로 돌아와 잠자리에 들었다.

비가 밤새도록 내렸다.

초4일 정해(양력 7월 2일)

종일 비가 내리니 긴 밤이었다.

아침밥을 먹기 전에 순천부사(권준)가 왔다.

식사한 뒤에는 충청수사 정걸 영감과 이홍명, 광양현감(어영담)이 와서 종일 군사에 관한 이야기하였다.

초5일 무자(양력 7월 3일)

종일 비가 내렸다.

비가 억수로 쏟아져서 사람들이 감히 배 밖으로 머리를 내밀기가 어려웠다.

오후에 우수사가 왔다가 날이 저물어서 돌아갔다.

저물 무렵 바람이 몹시 세차게 불므로 각 배들을 간신히 구호했다.

이흥명이 왔다. 저녁에 밥을 먹은 뒤에 돌아갔다.

경상수사가 웅천의 적도들이 혹 감동포(부산시 북구 구포동)로 들어올 수도 있으니 들어가 치자고 공문을 보냈다. 그 음흉한 꾀가 가소롭다.

초6일 기축(양력 7월 4일)

비가 오락가락하였다.

순천부사가 와서 봤다. 보성군수(김득광)은 갈려 가고, 김의검이 되었다고 한다.

충청수사가 배에 와서 이야기했다. 이흥명이 오고 방답첨사도 왔다가 곧 돌아갔다.

저녁에 본영 탐후인이 와서 어머니께서 편안하시다고 한다.

또 소문에 흥양현감의 말이 낙안에 이르러 죽었다고 한다. 몹시 놀랐을 따름이다.

초7일 경인(양력 7월 5일)

흐리되 비는 오지 않았다.

순천부사, 광양현감이 왔다. 우수사, 충청수사도 왔다.

이승명도 와서 종일 서로 이야기했다.

저녁에 본도(전라도) 우수사의 우후(이정충)가 와서 봤다. 서울

안의 소식을 낱낱이 전했다. 몹시 가증스럽고 한탄스러움이 그지없다.

초8일 신묘(양력 7월 6일)

잠깐 맑다가 바람이 불고 온화하지 않다.

아침에 영남수사의 우후가 군관을 보내어 산 전복을 선사했다. 그래서 구슬 서른 개를 대신 보냈다.

군관 나대용이 병으로 본영에 돌아갔다. 병선 진무 유충서도 병으로 사임하고 육지로 갔다.

광양현감이 오고 소비포권관도 왔다. 광양현감은 소고기를 내어 같이 먹었다.

탐후선이 들어왔다. 각 고을의 색리 열한 명을 처벌했다.

옥과의 향소는 전년부터 군사를 다스리는 일에 많이 부지런하지 못하여 결원이 거의 수백 명에 이르렀는데도 매양 속여 허위 보고를 했다. 그래서 오늘은 사형에 처하여 목을 높이 매달아 보였다.

모진 바람이 그치지 않는다.

마음이 괴롭고 어지러웠다.

초9일 임진(양력 7월 7일)

맑다.

수십 일이나 괴롭히던 비가 비로소 개니, 진중의 장병들이 기뻐하지 않는 이가 없다.

순천부사, 광양현감이 와서 집노루 고기를 차려 놓았다.

몸이 몹시 불편하여 종일 배에서 누워 있었다.

접반관의 공문이 왔는데, 제독 이여송이 충주에 이르렀다고 한다. 지방의 의병인 성응지가 돌아올 때 본영의 군량미 쉰 섬을 실어 왔다.

초10일 계사(양력 7월 8일)

맑다.

우수사(이억기)와 가리포첨사가 이곳에 와서 작전 계획을 세부적으로 의논하였다.

순천부사도 왔다. 뜸 스무 닢을 짰다.

저녁에 영등포 척후병이 와서 보고하는 내용에, "웅천의 적선 네 척이 본토(일본)로 돌아갔고, 또 김해 어귀에 적선 백쉰여 척이 나타났는데, 열아홉 척은 본토로 돌아가고, 그 나머지는 부산으로 갔다."고 했다.

새벽 두 시쯤에 온 수사 원균의 편지에, "내일 새벽에 나아가 싸우자."고 한다. 그가 하는 흉계와 시기하는 꼴을 말로서는 못하겠다. 그래서 밤이 되어도 답장을 보내지 않았다.

네 고을의 군량에 대한 공문을 만들어 보냈다.

11일 갑오(양력 7월 9일)

잠깐 비가 오다 개었다.

아침에 적을 쳐부수고 공문을 작성하여 영남우수사 원균에게 보냈더니, 술에 취하여 정신이 없더라고 한다. 이를 핑계 삼아 대답이 없었다.

정오에 충청수사의 배에 갔더니, 충청수사는 내 배에 와서 앉아 있었다. 잠깐 이야기하다가 헤어졌다.

그 길로 우수사의 배에 갔더니, 가리포첨사·진도군수·해남현감 등이 우수사와 같이 술자리를 베풀었다. 나도 몇 잔 마시고서 돌아왔다.

탐후인이 와서 고목을 바치고 갔다.

12일 을미(양력 7월 10일)

잠깐 비가 오다 개었다.

아침에 흰 머리카락 여남은 올을 뽑았다. 흰 머리칼인들 어떠랴마는 다만 위로 늙으신 어머니가 계시기 때문이다.

종일 홀로 앉아 있는데, 사량만호가 와서 보고는 돌아갔다.

밤 열 시쯤에 변존서와 김양간이 들어왔다. 행궁(전주의 광해군 숙소)의 기별을 들으니, 동궁께서 평안하지 않다고 하니, 그지없이 걱정이 된다.

정승 유성룡의 편지와 지사 윤우신의 편지도 왔다.

소문에 종 갓동, 종 철매 등이 병으로 죽었다 하니 불쌍하다. 중 해당도 왔다.

밤에 명나라 군인 다섯 명이 들어왔다고 수사 원균의 군관이 와서 전하고 갔다.

13일 병신(양력 7월 11일)

맑다. 저녁나절에 잠깐 비가 오다가 그쳤다.

명나라 사람 왕경과 이요가 와서 수군의 상황을 살폈다. 소문에 들으니, 제독 이여송이 나가 치지 않아서 명나라 조정에서 문책을 했다고 한다.

그들과 조용히 이야기하는 가운데 느껴지는 게 많았다.

저녁에 진을 거제도 세포(거제시 사등면 성포리)로 옮겨 머물렀다.

14일 정유(양력 7월 12일)

비가 잠깐 오다 개었다.

아침밥을 먹은 뒤에 낙안이 와서 봤다. 가리포첨사를 청해다가 같이 아침밥을 먹었다.

순천부사, 광양현감이 왔다. 광양현감은 노루 고기를 차려 냈다.

전운사 박충간의 공문과 편지가 왔다.

경상좌수사의 공문과 그 도우수사의 공문이 왔다.

저물녘에 비바람이 세게 치더니 곧 그쳤다.

15일 무술(양력 7월 13일)

비가 잠깐 오다 개었다.

우수사(이억기), 충청수사(정걸), 순천부사(권준), 낙안군수(신
호), 방답첨사(이순신)가 불러와서 철맞이 음식을 먹으며 놀다가
저물어서야 헤어졌다.

16일 기해(양력 7월 14일)

잠깐 비가 왔다.

저녁나절에 낙안군수를 통하여 진해의 고목을 얻어 보니, 함
안에 있는 각 도의 대장들이 "왜놈들이 황산동으로 나가 진을 쳤
다."는 소문을 듣고 모두 물러나 진양과 의령을 지킨다고 한다. 참
으로 놀라운 일이다.

순천부사, 광양현감이 왔다. 초저녁쯤에 영등포의 척후병이 와
서 보고한 내용에, "김해·부산에 있던 적선 무려 오백여 척이 안

골포·제포 등지로 들어왔다."고 한다. 다 믿을 수는 없지만, 적도들이 세력을 모아서 옮겨 다니며 침범할 계획도 없지 않을 것이다. 그래서 우수사(이억기)와 충청수사 정걸에게 공문을 보냈다.

밤 열 시쯤에 대금산 척후병이 와서 보고하는 것에도 마찬가지여서, 송희립을 경상우수사(원균)에게 가서 의논케 하니, "내일 새벽에 군사를 거느리고 오겠다."는 것이다. 적의 꾀란 무척 헤아리기 어렵다.

17일 경자(양력 7월 15일)

비가 오다가 개다가 한다.

이른 아침에 경상우수사 원균·전라우수사 이억기·충청수사 정걸 등이 와서 의논했는데, '함안에 있던 장수들이 진주로 물러가 지킨다.'는 말이 과연 사실이었다.

식사를 한 뒤에 경수 이억기 영감의 배에 가서 앉을 자리를 고치게 하여 우수사의 배에서 종일 이야기했다.

조붕이 창원에서 와서 "적세가 엄청나게 대단하다."고 했다.

18일 신축(양력 7월 16일)

비가 오다가 개다가 한다.

아침에 탐후선이 들어왔다. 닷새 만에 여기 이르렀다. 아주 옳지 않다. 그래서 곤장을 쳐서 보냈다.

오후에 경상우수사(원균)의 배로 가서 같이 앉아 군사 일을 의논하고 왔다. 연거푸 한 잔 한 잔 마신 것이 몹시 취하여 돌아왔다.

부안·용인이 와서 그 어머니가 갇혔다가 도로 풀려 나왔다고 했다.

19일 임인(양력 7월 17일)

비가 오다가 개다 했다.

바람이 세차게 불며 그치지 않았다.

진을 오양역(烏揚驛, 거제시 사등면 오량리) 앞으로 옮겼으나, 바람에 배를 고정할 수가 없으므로, 다시 고성 역포(亦浦, 통영시 용남면)로 옮겼다. 봉과 변유헌 두 조카를 본영으로 보내어 어머니의 안부를 알아서 오게 했다.

왜놈의 물건과 명나라 장수의 선물 및 기름 등을 아울러 본영으로 보냈다.

각 도에 공문을 보냈다.

20일 계묘(양력 7월 18일)

흐리며 바람이 세게 불었다.

제삿날이라 종일 혼자 앉아 있었다.

저녁에 방답첨사·순천부사·광양현감이 와서 봤다.

조붕이 그의 조카 조응도와 함께 와서 봤다.

이날 배 만들 재목을 운반해 오는 일로 그대로 역포에서 잤다.

밤이 되니 바람이 잤다.

21일 갑진(양력 7월 19일)

맑다.

새벽에 진을 한산도 망항포로 옮겼다.

점심을 먹을 때 원연이 왔다. 우수사도 청해서 같이 앉아 술을 몇 잔 마시고 헤어졌다.

아침에 아들 회가 들어왔다. 그 편에 어머니께서 편안하시다는 소식을 들으니, 다행이다.

22일 을사(양력 7월 20일)

맑다.

전선에 자귀질을 시작했는데, 자귀장이 이백열네 명이다. 물건 나르는 사람은 본영에서 일흔두 명, 방답에서 서른다섯 명, 사도에서 스물다섯 명, 녹도에서 열다섯 명, 발포에서 열두 명, 여도에서 열다섯 명, 순천에서 열 명, 낙안에서 다섯 명, 흥양·보성에서 각 열 명이었다.

방답에서는 처음에 열다섯 명을 보냈기에 군관과 아전을 처벌하였는데, 그 정상이 몹시 간교하였다.

제2호 지휘선의 급수군 손걸을 본영으로 돌려보냈던 바, 못된 짓을 많이 하고 돌아다니다가 갇혔다기에 붙잡아 오라고 하였더니, 이미 들어와서 현신하였으므로 제 맘대로 드나든 죄를 다스리고, 아울러 우후의 군관 유경남도 처벌하였다.

오후에 가리포첨사가 왔다. 적량의 고여우와 이효가도 왔다. 저녁에 소비포 이영남이 와서 봤다. 초저녁에 영등포 척후병이 와서 보고하기를, "별다른 소식은 없지만 적선 두 척이 온천으로 들어가는 것을 보고 왔다."고 했다.

23일 병오(양력 7월 21일)

맑다.

이른 아침에 자귀장이들을 점호하였더니 한 명도 결근이 없었다고 했다. 새 배에 쓸 밑판을 만드는 것을 마쳤다.

24일 정미(양력 7월 22일)

식사를 한 뒤에 비가 많이 오고 바람이 세게 불더니 저녁까지 그치지 않았다. 저녁에 영등포 척후병이 와서 보고하였다.

"적선 오백여 척이 이십삼일 밤중에 소진포(거제시 장목면 송진포)

로 모여 들어갔는데, 그 선봉대는 칠천량에 이르렀다."는 것이다.

초저녁에 또 대금산 정찰군과 영등포 정찰군이 와서 보고하는 것도 역시 마찬가지였다.

25일 무신(양력 7월 23일)

종일 비가 많이 왔다.

우수사(이억기)와 함께 같이 앉아서 적을 칠 일을 의논하는데, 가리포첨사도 왔다.

경상우수사(원균)도 와서 함께 상의했다. 소문에 "진양에는 성이 포위되었는데도 감히 아무도 나가 싸우지 못한다."고 한다.

연일 비가 내려서 적도들이 물에 막혀 날뛰지 못하는 것을 보면, 하늘이 호남 지방을 잘 돕고 있는 것이다. 다행 다행이다.

낙안에 군량 백서른 섬 아홉 말을 나누어 주고, 또 순천부사(권준)가 군량 이백 섬을 가져 와서 바치고서 벼를 찧어 쌀을 만들었다고 했다.

26일 기유(양력 7월 24일)

비가 많이 오고 마파람이 세게 불었다.

복병선이 와서 변고를 보고하여 말하기를, "왜적의 중선·소선 각 한 척이 오양역 앞까지 이르렀다." 했다.

호각을 불어 닻을 올리고 모두 적도(통영시 화도)로 가서 진을 쳤다.

순천이 군량 일백오십 섬 아홉 말을 받아들여 의능의 배에 실었다.

저녁에 김붕만이 진양의 적정을 살피고 오서 보고하기를, “적도들이 동문 밖에서 무수히 진을 합쳤는데, 연일 비가 많이 와서 물에 막혀 있고, 독하게 날뛰며 싸우고 있으나 큰물이 적의 진을 침몰시키려 한다면 군량을 대 주고 구원병을 이어 줄 길도 없으니, 대군을 합쳐 쳐들어가기만 한다면 한꺼번에 섬멸할 수 있다.”고 하였다.

그런데 이미 양식이 끊어졌고, 우리 군사는 편히 앉아서 고달픈 적을 맞이하는 것이니, 그 형세가 마땅히 백승할 수 있는 것이다.

하늘이 또한 도와주고 있으니, 비록 수로에 있는 적이 오륙백 척을 합하여 오더라도 우리 군사를 당해 낼 수는 없을 것이다.

27일 경술(양력 7월 25일)

잠깐 비가 오다 개다 했다.

오정 때에 적선 두 척이 견내량에 나타났다고 했다.

그래서 온 진이 출항하여 나가 보니, 이미 달아나고 없었다.

그래서 불을도(통영시 적도, 화도) 바깥 바다에 진을 쳤다.

아침에 순천부사, 광양현감을 불러와서 군사 문제를 토의했다.

충청수사가 그 군관을 시켜 흥양 군량이 떨어졌으니 석 섬을 꾸어 달라고 하기에 꾸어 주었을 따름이다.

강진의 배가 적과 싸우고 있다는 것을 들었기 때문이다.

28일 신해(양력 7월 26일)

잠깐 비가 오다 개다 했다.

어제 저녁에 강진의 척후선이 왜적과 싸운다는 소식을 들었다. 그래서 온 수군이 출항하여 견내량에 이르니, 왜적들은 우리 군사들을 바라보고 놀라 황급히 달아났다.

역풍과 역조류를 받아 들어올 수가 없어 그대로 머물러 밤을 지내고 새벽 두 시쯤에 불을도에 도착했다. 이날이 곧 명종의 제삿날이기 때문이다.

종 봉손·애수 등이 들어와 분산(墳山, 무덤이 있는 선산) 소식을 자세히 물어서 알게 되니, 참으로 다행이다.

원 수사와 우수사와 같이 와서 군사 일을 의논했다.

29일 임자(양력 7월 27일)

맑다.

하늬바람이 잠깐 불더니 청명하게 개였다.

순천부사, 광양현감이 와서 봤다.

어란만호(정담수), 소비포권관(이영남) 등도 와서 봤다.

종 봉손 등이 아산으로 가는데 홍, 이 두 선비와 윤선각 명문에게 편지를 써서 보냈다.

진양이 함락되었다.

황명보, 최경회, 서례원, 김천일, 이종인, 김준민이 전사했다고 한다.

계사년(1593년) 7월

초1일 계축(양력 7월 28일)

맑다.

인종의 제삿날이다. 밤기운이 몹시 서늘하여 잠을 이루지 못했다. 나라를 생각하는 마음이 조금도 놓이지 않아 홀로 봉창 아래에 앉아 있으니, 온갖 생각이 다 일어난다.

선전관이 내려왔다고 들었는데, 초저녁에 임금의 분부를 가지고 왔다.

초2일 갑인(양력 7월 29일)

맑다.

날이 늦어서야 우수사(이억기)가 와서 배를 타고 선전관(류형)을 함께 대접하였다. 점심을 먹고 나서 헤어져 돌아갔다.

해 질 무렵에 김득룡이 와서 진양이 불리하다고 전했다. 놀라고 염려됨을 이길 길이 없다. 그러나 그럴 리 만무하다. 이건 반드시 어떤 미친놈이 잘못 전한 말일 것이다.

초저녁에 원연·원식이 와서 군사에 관한 극단적인 말을 하니, 참으로 우습다.

초3일 을묘(양력 7월 30일)

맑다.

적선 몇 척이 견내량을 넘어 오고, 한편으론 뭍으로도 나오고 있으니 통분하다.

우리 배들이 바다로 나가 이들을 쫓으니, (적들은) 도망쳐 버려 도로 물러 나와 잤다.

초4일 병진(양력 7월 31일)

맑다.

흉악한 적 수만여 명이 죽 벌여 서서 기세를 올리니 참으로 통분하다.

저녁에 걸망포로 물러나 진을 치고 잤다.

초5일 정사(양력 8월 1일)

맑다.

새벽에 척후병이 와서 보고하는 내용에, "적선 열여 척이 견내량을 넘어온다."고 했다. 그래서 여러 배가 한꺼번에 출항하여 견내량에 이르니, 적선은 허겁지겁 달아났다.

거제 땅 적도에는 말만 있고 사람은 없으므로 싣고 왔다.

저녁나절에 변존서가 본영으로 갔다.

또 진양이 함락되었다는 보고가 광양에서 왔다. 두치의 복병한 곳에서 성응지와 이승서가 보낸 것이다.

저녁에 도로 걸망포에 이르러 진을 치고 밤을 지냈다.

초6일 무오(양력 8월 2일)

맑다.

아침에 방답첨사가 와서 보고, 소비포권관도 와서 봤다. 한산도에서 배를 끌고 오는 일로 중위장이 장수들을 데리고 나갔다.

공방 곽언수가 행재소에서 들어왔는데, 도승지 심희수와 지사 윤자신과 좌의정 윤두수의 답장도 왔고, 윤기헌도 안부를 보내어 왔고, 승정원 소식도 왔다. 이들을 보니, 탄식할 일들만 많다.

흥양현감이 군량을 싣고 왔다.

초7일 기미(양력 8월 3일)

맑다.

순천부사, 가리포첨사, 광양현감이 와서 보고는 군사 일을 의논했다. 각각 가볍고 날랜 배 열다섯 척을 뽑아 견내량 등지로 가서 탐색하러 위장이 거느리고 나갔더니, 왜적의 종적이 없다고 했다.

거제에서 사로잡혔던 한 사람을 얻어 와서 왜적의 소행을 꼼꼼히 물으니, "흉적들이 우리 수군의 위세를 보고 달아나려고 하였다.”고 하고, 또 “진양이 이미 함락되었으니, 전라도까지 넘어갈 것이다.”라고 했다. 이 말은 속인 것이다.

우수사(이억기)가 내 배로 왔기에 같이 이야기하였다.

초8일 경신(양력 8월 4일)

맑다.

남해로 왕래하는 사람 조붕에게서 듣건대, “적이 광양을 친다.” 하여, “광양 사람들이 벌써 고을 관청과 창고를 불 질렀다.”고 한다. 해괴함을 이길 길이 없다.

순천부사(권준)·광양현감(어영담)을 곧 보내려고 하다가, 길가다가 들은 소문을 믿을 수 없으므로 이들을 머무르게 하고, 사도 군관 김붕만을 알아 오도록 보냈다.

초9일 신유(양력 8월 5일)

맑다.

남해현령이 또 와서 전하기를, “광양·순천이 이미 다 타 버렸다.”고 했다. 그래서 광양현감(어영담)·순천부사(권준)와 송희립· 김득룡·정사립 등을 떠나보내 놓고, 이설은 어제 먼저 보냈다. 듣자하니, 뼛속까지 아파 와 말을 못 하겠다.

우수사(이억기), 경상우수사(원균)와 함께 일을 논의했다.

이날 밤 바다에 달은 밝고, 잔물결 하나 일지 않네.
물과 하늘이 한빛인데, 서늘한 바람이 건듯 불구나.
홀로 뱃전에 앉았으니, 온갖 근심이 가슴을 치민다.

밤 한 시에 본영 탐후선이 들어와서 적정을 알리는데, "실은 왜적들이 아니고, 영남 피란민들이 왜놈 옷으로 가장하고 광양으로 마구 들어가서 여염집을 불 질렀다."고 했다. 이건 기쁘고 다행한 일이 아닐 수 없다.

진양이 함락되었다는 것도 헛소리라고 하였다. 그러나 진양의 일만은 이럴 리 만무하다.

닭이 벌써 운다.

초10일 임술(양력 8월 6일)

맑다.

김붕만이 두치에서 와서 하는 말이, "광양의 왜적들은 사실이다."고 했다. 다만, 왜적 백여 명이 도탄에서 건너와 이미 광양을 침범하였다고 했다. 놈들의 한 짓을 보면 총통도 한 발 쏜 일이 없다고 했다. 왜놈이 포를 한 발도 쏘지 않을 리가 전혀 없다.

경상우수사와 전라우수사가 왔다. 원연도 왔다.

저녁에 오수가 거제의 가삼도에서 와서 하는 말이, "적선이 안

팎에서도 보이지 않는다.”고 했다. 또 말하기를, “사로잡혔다가 도
망쳐 나온 사람이 말하기를, 적도들이 무수히 창원 등지로 가더
라.”고 했다. 그러나 남들이 하는 말이라 믿을 것이 못 된다.

초저녁에 한산도 끝에 있는 세포로 진을 옮겼다.

11일 계해(양력 8월 7일)

맑다.

아침에 이상록은 명령을 어긴 일로 먼저 나가고, 장수들은 전
령 내릴 일로 나갔다가 돌아와서 보고하기를, “적선 열여 척이 견
내량에서 내려온다.”고 하므로, 닻을 올려 바다로 나가니, 적선 대
여섯 척이 벌써 진 앞에 이르기에 그대로 추격하니 달아나 재빨
리 도로 넘어가 버렸다.

오후 네 시쯤에 걸망포로 돌아와서 물을 길었다. 사도첨사(김
완)가 되돌아와서 하는 말이, “두치 나루의 적의 일은 헛소문이
요, 광양 사람들이 왜놈 옷으로 갈아입고 저희들끼리 서로 장난
한 짓이다.”고 하며, 순천과 낙안은 벌써 다 결딴났다고 했다. 이토
록 통분함을 이길 길이 없다.

어두울 무렵 오수성이 광양에서 와서 보고하는데, “광양의 적
변은 모두 진주와 그 고을 사람들이 흉계를 짜낸 것이었다. 고을
의 곳간은 쓸쓸하고 마을은 텅 비어 종일 돌아다녀 봐야 한 사람

도 만나지 못한다고 한다. 순천이 가장 심하고, 낙안이 그다음 간다."고 했다.

새벽에 우수사의 배로 갔더니 수사 원균과 직장 원연 등이 벌써 먼저 와 있었다. 군사 일을 의논하다가 헤어졌다.

12일 갑자(양력 8월 8일)

맑다.

식사하기도 전에 울과 송두남과 오수성이 돌아갔다.

저녁나절에 가리포첨사, 낙안군수를 청해 와서 일을 의논하고 같이 점심을 먹고 나서 돌아갔다.

가리포의 군량 진무가 와서 전하는 말이, "사량 앞바다에 와서 묵을 때, 왜적들이 우리나라 옷으로 변장하고, 우리나라의 작은 배를 타고 마구 들어와 포를 쏘며, 약탈해 가고자 한다."고 했다.

그래서 곧장 각각 가볍고 날랜 배 세 척을 합하여 아홉 척을 보내어 달려가 잡아 오도록 단단히 명령하여 보냈다. 또 각각 배 세 척씩을 정하여 착량으로 보내어 요새를 방어하고 오라고 했다.

고목이 왔다.

광양 일은 헛소문이라고 했다.

13일 을축(양력 8월 9일)

맑다.

저녁나절에 본영 탐후선이 들어와서, “광양, 두치 등에는 적의 꼬라지가 없다.”고 했다. 흥양현감이 들어오고 우수사 영감도 들어왔다. 순천 거북함의 격군으로서 경상도 사람인 종 태수가 달아나다가 잡혀 사형에 처했다.

저녁나절에 가리포첨사가 와서 보고 흥양현감(배흥립)이 들어와서, 두 치의 잘못된 거짓 보고와 장흥부사 류희선이 겁내던 일을 전했다. 또 말하기를, 그 고을(고흥군 남양면) 창고의 곡식을 남김없이 나누어 주고, 게포에 흰콩과 중간 콩을 아울러 마흔 되를 보냈다고 한다. 또 행주대첩을 전했다.

초저녁에 우수사가 청하기에 그의 배로 가 봤더니, 가리포 영감이 몇 가지 먹음직한 음식물을 차려 놓았다.

밤 세 시나 되어서야 헤어졌다.

14일 병인(양력 8월 10일)

맑더니 저녁나절에 비가 조금 내렸다.

진을 한산도 둘포(통영시 한산면 두억리 개미목)로 옮겼다.

비는 땅의 먼지를 적실 뿐이다.

몸이 몹시 불편하여 온종일 신음했다. 순천부사(권준)가 들어와서 본부의 일을 말로 나타내지를 못하였다. 같이 점심을 먹고 그대로 머물렀다.

진을 한산도 둘포로 옮겼다.

15일 정미(양력 8월 11일)

맑게 개었다.

저녁나절에 사량의 수색선, 여도만호 김인영, 순천의 김대복이
들어왔다.

가을 기운이 바다로 들어오니
나그네 회포가 어지럽고,
홀로 봉창 아래에 앉았으니
마음이 몹시도 번거롭네.
달이 뱃전을 비치니
정신이 맑아져 잠 못 이루는데,
어느 덧 닭이 우는구나.

16일 무진(양력 8월 12일)

아침에 맑다가 저녁나절에 구름이 끼었다.

저녁에 소나기가 와서 농사에 흡족하다.

몸이 몹시 불편하다.

17일 기사(양력 8월 13일)

비가 내렸다.

몸이 대단히 불편하다.

광양현감(어영담)이 왔다.

18일 경오(양력 8월 14일)

맑다.

몸이 불편하여 앉았다 누웠다 했다.

정사립이 돌아왔다.

우수사(이억기)가 와서 봤다.

신경황이 두치에서 와서 적의 헛소문을 전하였다.

19일 신미(양력 8월 15일)

맑다.

이경복이 병마사에게 갈 편지를 가지고 나갔다.

순천부사 와 이영남이 와서, "진주, 하동, 사천, 고성 등지의 적들이 이미 도망해 버리고 없다."고 전했다.

저녁에 진주에서 피살된 장병들의 명부를 광양현감(어영담)이 보내왔는데, 이를 보니 참으로 비참하고 통탄함을 이길 길이 없다.

20일 임신(양력 8월 16일)

맑다.

탐후선이 본영에서 들어왔는데, 병마사의 편지와 공문, 명나라 장수의 통첩이 왔다.

그 통첩의 사연을 보니, 참으로 괴상하다.

두 치의 적이 명나라 군사에게 몰리어 달아났다고 하니, 터무니없는 거짓말이다. 명나라 사람들이 이와 같으니 다른 사람들이야 말한들 무엇하랴! 통탄할 일이다.

충청수사(정걸), 순천부사(권준), 방답첨사(이순신), 광양현감(어영담), 발포만호(황정록), 남해현령(기효근) 등이 와서 봤다.

조카 이해와 윤소인이 본영으로 돌아갔다.

21일 계유(양력 8월 17일)

맑다.

경상우수사(원균)와 충청수사 정걸이 함께 와서 적을 토벌하는 일을 의논하는데, 원수사가 하는 말은 극히 흉측하고 말할 수 없는 흉계이다. 이러하고서도 일을 같이 하고 있으니, 뒷걱정이 없을까?

그의 아우 원연도 뒤따라 와서 군량을 얻어서 갔다.

저녁에 흥양도 왔다. 땅거미가 질 때에 돌아왔다.

초저녁에 오수 등이 거제 망보는 곳에서 와서 보고하기를, "영

등포의 적선이 아직도 머물면서 제 마음대로 횡포를 부린다."고
했다.

22일 갑술(양력 8월 18일)

맑다.

오수가 사로잡혔다가 도망쳐 온 사람을 싣고 올 일로 나갔다.

아들 울이 들어와서 어머니께서 평안하시다고 자세히 말했다.

아들 염의 병이 차도가 있다.

23일 을해(양력 8월 19일)

맑다.

울이 돌아갔다.

충청수사 정걸을 불러와서 점심을 같이 먹었다.

24일 병자(양력 8월 20일)

맑다.

순천부사, 광양현감, 흥양현감이 왔다.

저녁에 방답첨사와 이응화가 와서 봤다.

초저녁에 오수가 되돌아 와서 "적이 물러갔다."고 했는데, 장문
포(거제시 장목면 장목리) 적들은 여전하다.

아들 녀석 울이 본영에 들어갔다고 했다.

25일 정축(양력 8월 21일)

맑다.

우수사(이억기)가 와서 이야기했다.

조붕도 와서 체찰사의 공문이 영남수사(원균)에게 왔는데, 문책하는 말이 많이 있더라고 했다.

26일 무인(양력 22일)

맑다.

순천부사, 광양현감, 방답첨사가 왔다.

우수사도 같이 이야기하고, 가리포첨사도 왔다.

27일 기묘(양력 8월 23일)

맑다.

우수사의 우후(이정충)가 본영에서 와서 우도의 사정을 전하는데, 놀랄 만한 일이 많았다.

체찰사에게 갈 편지와 공문을 썼다.

경상우수사의 영리가 체찰사에게 갈 서류 초안을 가지고 와서 보고했다.

28일 경진(양력 8월 24일)

맑다.

아침에 체찰사에게 가는 편지를 고쳤다. 경상우수사(원균), 충청수사(정걸), 전라우수사(이억기)가 함께 와서 약속했다. 그러니 수사 원균의 나쁜 마음과 간악한 속임수는 아주 형편없다.

정여흥이 공문과 편지를 가지고 체찰사 앞으로 갔다. 순천부사, 광양현감이 와서 보고 곧 돌아갔다.

사도첨사(김완)가 복병했을 때에 잡은 보자기 열 명이 왜놈 옷으로 변장하고 하는 짓거리가 매우 꼼꼼하다 하여 잡아다가 추궁을 하니, "경상우수사(원균)가 시킨 일이다."라고 했다. 곤장만 쳐서 놓아주었다.

29일 신사(양력 8월 25일)

맑다.

새벽꿈에 사내아이를 얻었다. 사로잡혔던 사내아이를 얻을 꿈이다.

순천부사, 광양현감, 사도첨사, 흥양현감, 방답첨사를 불러와서 이야기했다.

양 현감은 학질을 앓아서 곧 돌아가고, 남은 사람들은 조용히 앉아 있었다.

방답첨사는 복병할 일로 돌아갔다.

본영 탐후인이 와서 아들 염의 병이 차도가 없다고 하니 몹시 걱정이다.

저녁에 보성군수(김득광), 소비포권관(이영남), 낙안군수(신호)가 들어왔다고 했다.

계사년(1593년) 8월

초1일 임오(양력 8월 26일)

맑다.

새벽꿈에 큰 대궐에 이르렀다. 모양이 마치 서울과 같았다. 기이한 일이 많았다.

영의정이 와서 인사를 하기에 나도 답례를 하였다. 임금님이 파천하신 일을 이야기하다가 눈물을 뿌리며 탄식하는데, 적의 형세는 이미 종식되었다고 하였다고 하면서 서로 의논할 때 좌우 사람들이 무수히 구름같이 모여들었다.

아침에 우후가 와서 보고는 돌아갔다.

초2일 계미(양력 8월 27일)

맑다.

아침밥을 먹은 뒤에 마음이 답답하여 닻을 올려 포구로 나갔다. 충청수사 정걸이 따라 나오고, 순천부사·광양현감이 와서 보았다.

소비포권관(이영남)도 왔다.

저녁에 진 쳤던 곳에 되돌아왔다. 이홍명이 와서 같이 저녁을 먹었다.

저물녘에 우수사(이억기)가 배에 와서 하는 말이, 방답첨사(이순신)가 "부모를 뵈러 가겠다."고 간절히 청하나, 장수들이 보낼 수 없다고 하므로 이에 답하였다.

또 우수사 원균이 망녕된 말을 하며 나에게 도리에 어긋난 짓을 많이 하더라고 말했는데, 모두가 망녕된 짓을 하니 어찌 관계하랴!

아침에 염의 병도 어떠한지 모르겠고, 또 적을 소탕하는 일이 남아 있어 마음속을 파먹으니 몸도 괴로와 밖으로 나가 바람을 쐬었다. 탐후선이 들어와서, 아들 염이 아픈 데가 곪아서 종기가 되었는데, 침으로 쨌더니 고름이 흘러 나와, 며칠만 늦었더라면 고치기 어려울 뻔했다고 한다. 큰일 날 뻔했다.

지금은 조금 생기가 났다 하니 다행이다. 의사 정종의 은혜가 매우 크다.

초3일 갑신(양력 8월 28일)

맑다.

이경복, 양응원과 영리 강기경 등이 들어왔다.

염에게 침으로 종기를 쨌던 일을 전하는데, 무척 놀랐다.

며칠만 더 늦었더라면 구할 수 없었다고 전했다.

초4일 을유(양력 8월 29일)

맑다.

순천부사, 광양현감이 와서 보고는 돌아갔다.

저녁에 도원수의 군관 이완이 삼도에 퍼져 있는 적의 형세를
보고하지 않은 군관·색리를 잡아다가 심문하려고 진에 이르니,
같잖은 웃음이 나온다.

초5일 병술(양력 8월 30일)

맑다.

조붕, 이홍명, 우수사(이억기), 우후가 와서 밤이 깊어서야 돌아
갔다. 소비포권관(이영남)도 밤에 돌아갔다.

이완이 술에 취하여 내 배에서 머물렀다. 소고기를 얻어다가
각 배에 나누어 보냈다.

아산에서 이례가 밤에 왔다.

초6일 정해(양력 8월 31일)

맑다.

아침에 이완은 같은 때에 송한련, 여여충과 함께 도원수에게로
갔다. 식사를 한 뒤에 순천부사, 광양현감, 보성군수, 발포만호, 이
응화 등이 와서 봤다.

저녁에 경상우수사 원균이 오고, 우수사 경수 이억기·충청수사 정걸도 와서 의논을 하고 있는 동안에 우수사 원균이 하는 말은 걸핏하면 모순된 이야기를 하니, 우습고도 우습다.

저녁에 비가 잠깐 내리더니 그쳤다.

초7일 무자(양력 9월 1일)

아침에 맑더니 해 질 녘에 비가 내렸다.

농사에 많이 흡족하겠다.

가리포첨사가 왔다. 소비포와 이효가도 와서 봤다.

당포만호(하종해)가 작은 배를 찾아가려고 왔으므로 주어 보내라고 사량만호(이여넘)에게 일러 주었다.

가리포 영감은 곧 같이 점심을 먹고서 갔다.

저녁에 경상우수사의 군관 박치공이 와서 전하는데, "적선들이 물러갔다."고 했다. 그러나 원균 수사와 그의 군관은 항상 헛소문만 내기를 좋아하니 믿을 수가 없다.

초8일 기축(양력 9월 2일)

맑다.

식사를 한 뒤에 순천부사, 광양현감, 방답첨사, 흥양현감 등을 불러들여 복병 등에 관한 일을 같이 논의했다.

충청수사의 전선 두 척이 들어왔는데, 한 척은 쓸 수 없다고 하였다.

김덕인이 그 도(충청도)의 군관으로 왔다. 본도 순찰사의 아병(군사) 두 명이 공문을 가져왔다.

적의 형세를 알려고 우수사가 으슥한 포구로 가서 수사 원균을 만났다고 하니 우습다.

초9일 경인(양력 9월 3일)

맑다.

아침에 아들 회가 들어와서 어머니께서는 편안하시고, 염은 병이 조금 나아졌다고 하니 기쁘고 다행이다.

점심을 먹고 나서 우수사(이억기)의 배에 이르니, 충청수사(정걸)도 왔다.

영남수사(원균)는 "복병군을 한꺼번에 보내어 복병시키기로 약속했다 하여 먼저 보냈다."고 했다. 해괴한 일이다.

초10일 신묘(양력 9월 4일)

맑다.

아침에 방답의 탐후선이 들어와서 임금님의 분부와 비변사의 공문과 감사의 편지를 가지고 왔다.

해남현감(위대기)이 방답첨사(이순신)와 같이 왔다.

순천부사, 광양현감도 왔다.

우수사(이억기) 영감이 청하므로 그의 배로 갔더니, 해남현감이 술자리를 베풀었다.

그러나 몸이 불편하여 간신히 앉아서 이야기하다가 돌아왔다.

11일 임진(양력 9월 5일)

늦게 소나기가 쏟아지고 바람이 몹시 불더니만, 오후에 비는 그쳤으나 바람은 그치지 않는다.

몸이 몹시 불편하여 온종일 앉았다 누웠다 했다.

여도만호에게 격군을 잡아 올 일로 사흘 기한으로 갔다 오라고 일러 보냈다.

12일 계사(양력 9월 6일)

몸이 몹시 불편하여 종일 누워서 신음했다.

원기가 허약하여 땀이 덧없이 흘러 옷을 적시는데도 억지로 일어나 앉았다.

저녁나절에 비가 내리다가 개기도 했다.

순천부사가 와서 봤다. 우수사가 와서 봤다. 방답첨사 이순신도 왔다.

종일 장기를 두었다.

몸이 불편했다.

가리포첨사도 왔다.

본영 탐후선이 들어와서 어머니께서 평안하시다고 한다.

13일 갑오(양력 9월 7일)

본영에서 온 공문에 결재하여 보냈다.

몸이 몹시 불편하여 홀로 봉창 아래에 앉았으니, 온갖 회포가 다 일어난다.

이경복에게 장계를 지니고 가라고 내어보냈다.

경의 어미에게 노자를 문서에 넣어 보냈다.

송두남이 군량미 삼백 섬과 콩 삼백 섬을 실어 왔다.

14일 을미(양력 9월 8일)

맑다.

방답첨사(이순신)가 제일 음식을 갖추어 왔다.

우수사(이억기)와 충청수사(정걸)과 순천부사(권준)도 왔다.

15일 병신(양력 9월 9일)

맑다.

오늘은 한가위 날이다.

우수사(이억기), 충청수사(정걸), 순천부사(권준), 광양현감(어영담), 낙안군수(신호), 방답첨사(이순신), 사도첨사(김완), 흥양현감(배흥립), 녹도만호(송여종), 이응화, 이홍명, 좌우도 영감 등이 모두 모여 이야기했다.

저녁에 아들 회가 본영으로 갔다.

16일 정유(양력 9월 10일)

맑다.

광양현감(어영담)이 제일 음식을 갖추어 왔다.

우수사(이억기), 충청수사(정걸), 순천부사(권준), 방답첨사(이순신)도 왔다.

가리포첨사(구사직), 이응화가 함께 왔다.

아침에 들으니, 제만춘이 일본에서 어제 나왔다고 했다.

17일 무술(양력 9월 11일)

맑다.

지휘선을 연기로 그을리고, 좌별도선에 옮겨 탔다.

저녁나절에 우수사(이억기)의 배로 가니, 충청수사(정걸)가 왔다.

제만춘을 불러서 문초하니, 분하고 분한 사연이 많이 있다.

종일 의논하고 나서 헤어졌다. 초저녁이 되기 전에 돌아와 지휘선에 탔다.

이날 밤 달빛은 대낮 같고 물결은 비단결 같다. 회포를 견디기 어려웠다.

새로 만든 배로 내려왔다.

제만춘을 공초해 보니 분한 사연이 많이 있었다.

18일 기해(양력 9월 12일)

맑다.

우수사(이억기)·충청수사(정걸)과 함께 이야기하였다.

순천부사, 광양현감도 와서 봤다.

조붕이 와서 하는 말이, "경상우수사의 군관 박치공이 장계를 가지고 조정으로 갔다."고 했다.

19일 경자(양력 9월 13일)

맑다.

아침 식사를 한 뒤에 원균 수사가 있는 곳으로 가서 내 배에 옮겨 타라고 청하였다.

우수사(이억기), 충청수사(정걸)도 왔다. 원연도 함께 이야기했다. 말하는 가운데서 수사 원균이 음흉하고 도리에 어긋난 일이 많고, 그 하는 짓이 그럴듯하게 속이니 이루 말할 수 없다.

원균 수사의 형제가 옮겨 간 뒤에 천천히 노를 저어 진으로 돌아왔다.

우수사, 정 수사와 같이 앉아 자세히 이야기했다.

20일 신축(양력 9월 14일)

아침식사를 한 뒤에 순천부사, 광양현감, 흥양현감이 왔다. 이응화도 왔다. 송희립을 순찰사에게 문안케 했다.

또 제만춘을 문초한 공문을 가지고 가게 했다. 방답첨사와 사도첨사로 하여금, 돌산도 근처에 이사하여 사는 자들로서 작당하여 남의 재물을 약탈한 자들을 좌·우 두 패로 나누어 잡아 오라고 내어보냈다.

저녁에 적량만호 고여우가 왔다.

밤이 깊어서야 갔다.

21일 임인(양력 9월 15일)

맑다.

22일 계묘(양력 9월 16일)

맑다.

23일 갑진(양력 9월 17일)

맑다.

윤간과 조카 뇌, 해가 와서 어머니께서는 평안하시다고 전한다.

울은 학질을 앓는다는 소식도 들었다.

24일 (양력 9월 18일)

맑다.

조카 해가 돌아갔다.

25일 병오(양력 9월 19일)

맑다.

꿈에 적의 모양이 있었다. 그래서 새벽에 각 도의 대장에게 알려서 바깥 바다로 나가 진을 치게 하였다.

해 질 무렵에 한산도 안쪽 바다로 돌아왔다.

26일 정미(양력 9월 20일)

맑다가 비가 오다 했다.

경상우수사 원균이 왔다. 조금 있으니 우수사(이억기) 영감과 충청수사(정걸)도 같이 모였다.

순천부사, 광양현감, 가리포첨사는 곧 돌아갔다.

홍양현감도 왔다. 제일 음식을 대접하는데, 경상우수사 원균이 술을 먹겠다고 하기에 조금 주었더니, 잔뜩 취하여 망발하며 음흉하고도 도리에 어긋나게 말하는 것이 해괴하기도 했다.

낙안군수(신호)가 보내온, 풍신수길이 명나라 황제에게 상서한 초본과 명나라 사람이 고을에 와서 적은 것들을 보니, 통분함을 이길 길이 없다.

27일 무신(양력 9월 21일)

맑다.

28일 기유(양력 9월 22일)

맑다.

경상우수사 원균이 왔다. 음흉하고 간사한 말을 많이 내뱉으니 몹시도 해괴하다.

29일 경술(양력 9월 23일)

맑다.

아우 여필과 아들 울, 변존서가 한꺼번에 왔다.

30일 신해(양력 9월 24일)

맑다.

경상우수사 원균이 와서 영등포로 가자고 독촉하였다. 참으로 음흉스럽다고 할 만하다.

그가 거느린 스물다섯 척의 배는 모두 다 내어 보내고, 다만 여덟 척을 가지고 이런 말을 내니, 그 마음 쓰고 행사하는 것이 다 이따위이다.

계사년(1593년) 9월

초1일 임자(양력 9월 25일)

맑다.

공문을 만들어 도원수와 순변사에게 보냈다. 여필, 변존서, 조카 이뇌 등이 돌아갔다.

우수사(이억기), 충청수사(정걸)와 함께 이야기했다.

초2일 계축(양력 9월 26일)

맑다.

장계의 초안을 잡아서 내려 줬다. 경상우후 이의득, 이여념 등이 와서 봤다.

어두울 녘에 이영남이 와서 보고하기를, "병마사 선거이가 곤양에서 공로를 세웠으며 남해현령(기효근)이 체찰사에게 꾸중을 들었는데 공손치 못하다는 이유로 불려 갔다."고 했다. 우습다.

기효근의 형편없는 짓이야 이미 알고 있는 터이다.

초3일 갑인(양력 9월 27일)

맑다.

아침에 조카 봉이 들어와서 어머니께서 평안하시다고 한다.

또 본영의 소식도 들었다.

장계를 올리려고 초안을 만들었다.

순찰사(이정암)의 편지가 왔는데, "무릇 군사인 일가족 등이 하는 일이라 일체 침해하지 말라."고 하였다.

이는 새로 부임하여 사정을 잘못 알고 하는 일이다.

초4일 을묘(양력 9월 28일)

맑다.

폐단되는 것을 진술하는 것과 총통을 올려 보내는 것과 제만춘을 불러서 문초한 사연을 올려 보내는 것 등 세 통의 장계를 봉하여 올리는데, 이경복이 지니고 갔다.

정승 류성룡·참판 윤자신·지사 윤우신·도승지 심희수·지사 이일·안습지·윤기헌에게는 편지를 쓰고, 전복을 정표로 보냈다.

조카 봉과 윤간이 함께 돌아갔다.

초5일 병진(양력 9월 29일)

맑다.

식사를 한 뒤에 충청수사 정걸의 배 곁에다 배를 대어 놓고서 종일 이야기했다.

광양현감·흥양현감 및 우후(이몽구)가 와서 보고서 돌아갔다.

초6일 정사(양력 9월 30일)

맑다.

새벽에 배 만들 재목을 운반할 일로 여러 배를 내어보냈다.

식사를 한 뒤에 우수사(이억기)의 배로 가서 종일 이야기하고, 거기서 원균의 흉측스러운 일을 들었다.

또 정담수가 밑도 끝도 없이 말을 만들어 낸다는 말을 들으니, 우습기만 하다.

바둑을 두고 나서 물러갔다.

그만두도록 할 배의 재목을 여러 배로 끌고 왔다.

초7일 무오(양력 10월 1일)

맑다.

아침에 재목을 받아들였다.

아침에 방답첨사가 와서 봤다.

순찰사(이정암)에게 폐단을 진술하는 공문과 군대 개편하는 일에 대한 공문을 만들어 보냈다. 종일 홀로 앉아 있으니 마음이 편하지 않다.

저녁이 되니 탐후선이 오기를 몹시 기다리는데도 오지 않았다.

해가 저무니 기분이 언짢고 가슴이 답답하여 창문을 열고 잤다. 바람을 많이 쐬어 머리가 무겁고 아프니 걱정스럽다.

초8일 기미(양력 10월 2일)

맑다. 바람이 어지러이 불었다.

새벽에 송희립 등을 당포산으로 내보내어 사슴을 잡아 오게 했다.

우수사(이억기)가 충청수사(정걸)와 함께 왔다.

초9일 경신(양력 10월 3일)

맑다.

식사를 한 뒤에 모여서 산마루에 올라가서 활 세 순을 쏘았다.

우수사(이억기)·충청수사(정걸) 및 여러 장수가 모였는데, 광양 현감은 아프다고 참가하지 않았다.

저녁때에 비가 내렸다.

초10일 신유(양력 10월 4일)

맑다.

공문을 적어 탐후선에 보냈다.

저녁나절에 우수사의 배에 이르러 방답첨사와 함께 술을 마시고 헤어졌다.

체찰사의 비밀 편지가 왔다.

보성군수(김득광)도 왔다가 갔다.

11일 임술(양력 10월 5일)

맑다.

충청수사(정걸)가 술을 마련하여 와서 봤다.

우수사(이억기)도 오고, 낙안군수·방답첨사도 같이했다.

흥양현감이 휴가를 받아 갔다.

서몽남에게도 휴가를 주었다.

함께 나갔다.

12일 계해(양력 10월 6일)

맑다.

식사를 한 뒤에 소비포권관(이영남), 류충신, 여도만호(김인영) 등을 불러 술을 먹였다.

발포만호(황정록)가 돌아왔다.

13일 갑자(양력 10월 7일)

맑다.

종 한경, 돌쇠, 해돌이 및 자모종이 돌아왔다.

저녁에 종 금이, 해돌이 등이 돌아갔다. 양정언도 같이 돌아갔다. 저녁에 비바람이 세게 일더니 밤새 그치지 않았다.

어떻게 갔을는지 모르겠다.

14일 을축(양력 10얼 8일)

종일 비가 내리고 또 바람도 세게 불었다.

홀로 봉창 아래에 앉았으니, 온갖 생각이 다 일어난다.

순천부사가 돌아왔다.

17일 무진(양력 10월 11일)

큰 포구에는 한 마지기에 석 섬을 내는 것을 백삼십삼 섬 다섯 말을 내었다.

(의견을 덧붙인 종이)

붓과 벼루에 뜻을 두었지만, 바다와 뭍의 일이 너무 바빠 쉴 틈이 없고 내 구역을 내버려 두고 잊은 지 오래되었다.

이를 받들어.

(날짜는 알 수 없으나, 계사년 9월 15일 이후 별도의 장부터 시작하여
5장에 걸쳐 적혀 있다.)

1.

㉠ 하나, 오랑캐의 근성은 언행이 경박하고 거칠며, 칼과 창을
잘 쓰고 배에 익숙해 있으므로 육지에 내려오면, 문득 제 생각에
칼을 휘두르며 돌진하는데, 우리 군사는 아직 정예롭게 훈련되어
있지 않은 무리이므로 일시에 놀라 무너져 그 능력으로 죽음을
무릅쓰며 항전할 수 있겠습니까?

㉡ 하나, 정철총통은 전쟁에 가장 긴요한 것인데도, 우리나라
사람들은 그 만드는 법을 잘 알지 못하였습니다. 이제야 온갖 연
구 끝에 조총을 만들어 내니, 왜놈의 총통보다도 낫습니다. 명나
라 사람들이 와서 진중에서 시험 사격을 하고서는 잘되었다고 칭
찬하지 않는 이가 없었습니다. 이미 그 묘법을 알았으니, 도 안에
서는 같은 모양으로 넉넉히 만들어 내도록 순찰사와 병마사에게
견본을 보내고, 공문을 돌려서 알게 하였습니다.

㉢ 하나, 지난해 변란이 일어난 뒤로 수군이 전투한 것이 수십
번이나 되는데, 그 적들은 꺾여 무너지지 않는 게 없고, 우리는 한
번도 패하지 않았습니다.

2.

㉠ 나라는 갈팡질팡 어지러운데 충신으로 나설 이 그 누구인고! 서울을 떠난 것은 큰 계획이요, 회복은 그대들께 달려 있나니, 국경이라 산의 달 아래 슬프게 울고, 압록강 강바람에 아픈 이 가슴. 신하들아! 오늘을 겪고 나서도, 그래도 동인 서인 싸우려느냐!

임금이 '누가 곽자의나 이광필처럼 되겠느뇨?'라고 지은 시이다.

㉡ 나라는 갈팡질팡 어지러운데 충신으로 나설 이 그 누구인고! 서울을 떠난 것은 큰 계획이요, 회복은 그대들께 달려 있나니, 국경이라 달 아래 슬프게 울고, 압록강 강바람에 아픈 이 가슴. 신하들아! 오늘을 겪고 나서도, 그래도 동인 서인 싸우려느냐!

3.

약속하는 일

이제 여러 곳의 적들이 모두 영남의 바다로 모이고, 육지로는 함안·창원·의령에서 진양에 이르기까지, 물길로는 웅천·거제 등지까지 무수히 합세하기에 도리어 서쪽에다 뜻을 두었습니다. 그런데 이런 흉모를 더하니 무척 통분할 일입니다. 뿐만 아니라 지난해 늦가을부터 지금까지 여러 장수를 쓰는 것에 마음을 다했는지 살펴보게 됩니다. 시기를 따라 익히 살피면 혹시라도 먼저 돌진하자고 하여도 서로 싸우기만 했는데, 마음에 맺혀 잊지 못하는 가운데 눈물을 흘리는 자가 있고, 욕심이 있어 늙은이에게 이로움이 절실하여 승패를 가늠하지 못하고서 저돌적으로 적의 예봉에 섰으나 마침내는 나라가 망하고 몸만 아프게 되었습니다.

4.

군사의 예리함의 정도가 바람과 비와 같고, 흉물들의 나머지 넋들이 달아나 숨는데, ○○○ 석 자 칼로 하늘에 맹세하니 산과 강이 떠는도다. 만 번을 죽일지라도 한 목숨 살 꾀 돌보지 않는도다. 분하고 분할 따름이다.

나라와 종사를 안정하게 하려고 충성을 다하고 힘을 다하여 이에다 죽고 삶을 두니, 사직의 위엄과 영험에 힘입어 겨우 조그마한 공로를 세웠는데, 임금의 총애와 영광이 너무 뛰어 분에 넘칩니다.

장수의 직책을 띤 몸으로 티끌만 한 공로도 바치지 못하였으며, 입으로는 교서(敎書)를 외우지만, 얼굴에는 군인으로서의 부끄러움이 있을 뿐입니다.

비리고 노린내 나는 놈들에게 함락되어 앞으로 두 가지 세력에 미치게 된 것이니, 국가를 회복할 시기는 바로 지금입니다.

정치는 명나라 군사와 수레, 말들의 소리를 기다리며, 하루가

일 년이 되는 것 같으나, 적을 죽여 없애지 않고 화친을 삼으려 하고 있습니다. 그래서 물러난 왜적들이 우리나라에 수년 동안 침범해 와 그 욕됨을 아직도 씻지 못했습니다. 하늘에까지 미친 분함과 부끄러움이 더욱 절실한데, 임금의 수레는 서쪽으로 가시고 종사는 쓸쓸하게 변하여, 온 나라 안에 충성스럽고 의리의 기운을 펴지만 스스로 백성들의 희망을 끊어 버립니다.

제가 비록 아둔하고 겁이 많지만, 몸소 시석(矢石)을 무릅쓰고 여러 장수를 위하여 먼저 나가서 몸을 다칠지라도 나라에 은혜를 갚으려는데, 지금 만약 기회를 놓친다면 앞으로 후회해도 무슨 소용이 있겠습니까.

도끼와 쇠뇌틀을 군문(軍門)에 두고 오랫동안 쓰지 않으면서 파수꾼에게 훈계하여 말하기를, "설사 ○하지 않는다 해도 곧 우리 집을 불태워서라도 왜적의 손안에서 욕먹지 말아야 한다."고 했습니다.

하물며 여러 번 해전에서 승첩하여 크게 왜적의 콧대를 꺾었으니, 군사들의 떠드는 소리가 바다를 뒤흔들었습니다. 비록 과중 부적일지라도 우리의 위세를 겁내어 감히 버티고 싸우려는 자가 없습니다.

계사년(1593년) 10~12월

기록에 없음.

난중일기

이순신[李舜臣, 1545(인종 1년) ~ 1598(선조 31년)]

자는 여해(汝諧), 시호는 충무(忠武), 본관은 덕수(德水). 이순신은 조선 인종 1년(1545년) 3월 8일 서울 건천동에서 태어났다. 서울에서 어린 시절을 보냈으며, 그때 서애 유성룡과 만났다.

선조 5년(1572년) 8월 훈련원 별과에 처음 응시하였고, 31세 되던 선조 9년(1576년) 2월 식년무과에서 병과로 급제했다. 임진왜란을 14개월 앞둔 2월 13일 전라좌도 수군절도사(정3품)에 임명되었으며 전쟁 발발 후 20여 회의 전투를 모두 승리하여 멸망 직전의 조선을 지켜 냈다. 선조 30년(1597년)에 왜군을 공격하라는 명령을 따르지 않았다는 죄목으로 파직, 백의종군하였으나 이후 복직하여 거의 궤멸된 수군을 이끌고 왜군과 싸워 크게 이겼다. 선조 31년(1598년) 11월 19일 노량해전에서 후퇴하는 왜군을 공격하다 전사하였다.

◆ **작품 개관**

《난중일기》는 충무공 이순신이 임진왜란 때 쓴 일기로 국보 제76호이다. 전쟁 중에 있었던 일과 이순신의 진솔한 마음이 기록되어 있다. 전쟁의 대비, 전쟁터에서 있었던 일, 부하와 백성을 사랑하는 마음, 조정에 대한 비판, 여러 가지 서신 등 다양한 일기가 들어 있다. 7년에 걸친 임진왜란의 상황을 구체적으로 알려 주어 역사적 사료로서의 가치도 뛰어나다. 이 책에 실린 것은 그중 제1권 〈임진일기(壬辰日記)〉와 제2권 〈계사일기(癸巳日記)〉에 해당하는 부분이다.

◆ **작가와 작품**

엄격하면서 공정한 이순신

《난중일기》에는 이순신의 엄격하고 공정한 성격이 잘 나타난다.

이순신은 임진왜란이 일어나기 전에도 올곧기로 유명했다. 종8품의 벼슬에 있을 때 상관인 병조정랑(정5품) 서익이 가까운 사람을 특진시키려고 하자 반대했다가 좌천된 일화 등이 이를 보여 준다.

임진왜란은 사소한 싸움이 아니라 조선과 일본, 나아가 중국이 명운을 걸고 7년 동안이나 싸운 동아시아의 거대한 전쟁이었다. 7년 동안 싸워 이기기 위해서는 엄격하고 공정한 태도로 군대를 지휘할 필요가 있다. 《난중일기》에 나타나는 이순신의 엄격한 성격은 치열한 싸움에서 승리하기 위해서 꼭 필요했다.

이순신은 자신이 맡은 일을 게을리하고 군대를 점검하지 않은 관리들을 불러 처벌하고, 싸움에 나가지 않고 회피하는 관리 역시 잡아 가두었다. 전투는 누구에게나 무서운 것이므로 엄격하게 부하들을 관리하지 않는다면 싸울 사람이 남아 있지 않을 것이다.

한편, 이순신이 관리들을 처벌하며 나라에 대한 걱정을 하는 모습도 볼 수 있다. 이외에도 도망간 군사들을 잡으러 간 관리가 오히려 뇌물을 받고 돌아온 것을 처형하거나, 허위 보고를 하는 관리를 엄벌에 처하는 등 엄격한 군율을 세우는 이순신의 모습을 확인할 수 있다.

그러나 이순신은 그저 엄격하기만 했던 것은 아니다. 용감하게 싸우다 죽은 부하를 슬퍼하고 그 혼령을 위로하며, 잘 싸웠

으나 포상을 받지 못한 부하들을 꼼꼼히 챙기기 위해 조정에 장
계를 올리기도 했다. 그리고 부하 장수들의 성격과 인품을 상세
히 파악하여 적재적소에 배치하는 장군이기도 했다. 부하 장수
들이 정당한 대접을 받을 수 있도록 세심하게 신경 쓰는 모습에
서 이순신의 따뜻한 마음씨를 볼 수 있다.

◆ 작품의 구조

오랫동안 쓴 일기

《난중일기》는 1962년 12월 20일 국보 제76호로 지정되었다. 그
명칭은 '이충무공난중일기부서간첩임진장초(李忠武公亂中日記附
書簡帖壬辰狀草)'이다. 현재 충청남도 아산시 염치읍 백암리 현충
사에 소장되어 있다.

제목에서 알 수 있듯이 일기의 형식을 취하고 있다. 이순신
이 7년 동안 기록한 것인데, 이순신은 전쟁이 시작되기 넉 달 전
부터 일기를 썼다. 따라서 일부러 전란에 대해 기록하기 위해서
쓴 것은 아니라는 것을 알 수 있다. '난중일기'라는 제목도 이순
신이 붙인 것이 아니라 정조 19년(1795년)에 《이충무공전서(李
忠武公全書)》를 편찬할 때 붙인 이름이다. 《이충무공전서》의 편
찬 작업은 윤행임과 유득공이 맡아 하였는데, 충무공의 친필 초

고본과는 차이가 있다.

전쟁을 염두에 두고 쓴 것은 아니지만, 전쟁 전부터 왜군의 배를 분석하고 거북선을 미리 건조해 두는 등 이순신이 미리 왜군의 침략을 대비하였음을 알 수 있다. 이순신의 선견지명이 드러나는 부분이다. 전쟁 발발 한 달쯤 전인 3월 27일 일기에는 거북선에서 대포를 시험한 일이 있는데, 이 역시 이순신이 미리 왜군의 침략을 대비했다는 것을 잘 보여 준다.

이순신은 꾸준히 일기를 썼는데 그 안에는 전쟁에 대한 기록뿐만 아니라 이순신 개인의 감정과 직접 지은 시 등이 실려 있어 문학 작품으로서도 높은 평가를 받고 있다. 임진왜란 연구에 큰 도움이 되는 사료의 역할을 하기도 하고, 영웅 이순신의 감정과 생각을 엿볼 수 있는 통로가 되기도 한다. 임진왜란 당시 조선 사회의 상황이나 조정의 문제점, 지원군으로 온 명나라 군에 대해서도 알 수 있으며, 조선 수군이 주로 사용한 전술이나 전쟁터의 모습도 확인할 수 있다. 이순신이 받거나 보낸 장계, 서신도 남아 있어 당대의 사회사에 대한 가치, 전쟁사에 대한 가치, 외교사·국제 관계에 대한 가치 등 다양한 의미를 담고 있다.

이순신은 무인답게 간결하고도 정확한 표현을 구사했다. 그날그날 있었던 일을 정확하게 기록하면서도 문장을 화려하게

꾸미거나 잡다한 표현을 사용하지 않았다. 자신의 감정을 드러
내는 경우에도 과장되거나 거짓되지 않고 진솔하게 쓴 모습을
자주 볼 수 있다.

◆ **작품의 감상과 수용**

이순신의 건강과 원균

《난중일기》를 개인의 마음을 담은 일기로 읽을 때, 우리는 영웅
이순신에게도 힘든 점이 있었음을 볼 수 있다. 그것은 첫째, 자신
의 건강에 대한 부분과, 둘째, 동료였던 원균에 대한 부분으로 살
펴볼 수 있다.

《난중일기》에서 이순신은 식사를 하고 소화를 제대로 하지 못
해 고통스러워하거나, 전쟁 중에서 몸이 불편하여 누워 신음하
는 모습을 보인다. 아픈 와중에도 명나라 장수가 꿍꿍이가 있어
전투를 서두르지 않는 것을 두고 걱정하기도 한다. 이처럼 나라
를 걱정하다가 눈물을 흘리는 이순신의 모습은 인간적이면서,
동시에 나라를 걱정하는 그의 진심이 나타난다.

한편, 수사였던 원균은 이순신의 골칫거리였다. 원균이 마냥
무능하기만 한 장군이었는가에 대해서는 논란의 여지가 있으
나 원균이 이순신이 모함을 받고 백의종군할 때, 칠천량에서 대

패하면서 수군을 궤멸로 몰아넣은 것은 분명한 사실이다.

원균은 상황을 잘못 파악하고 이길 수 있는 싸움에서 왜군을 놓쳐 버리거나, 아군의 위험을 보고도 못 본 체하고 구하지 않는다. 술에 취해 함부로 말을 하는 경우도 있고 거짓 내용으로 공문을 보내 군사들을 동요하게 만드는 일도 있었다. 이순신이 원균의 모습을 보기 싫어 그의 편지에 답장도 하지 않는 등 원균의 행동에 대해 이순신이 한탄하는 장면은 《난중일기》에서 숱하게 발견할 수 있다.

이순신과 원균이 항상 나쁜 일로만 엮인 것은 아니다. 원균으로 인해 기뻐했던 일도 있었고, 원균과 함께 작전을 상의하고 적을 물리친 일도 많았다. 그래도 원균과 오랫동안 함께 전쟁을 치른 만큼, 그에 대한 이순신의 애증도 깊었을 것이다.

《난중일기》가 매력적인 문학 작품으로 읽히는 것은 인간 이순신의 솔직한 감정이 기록되어 있기 때문이다. 《난중일기》에서 이순신은 나라를 걱정하는 우국지사의 모습, 가족을 걱정하고 그리워하는 평범한 인간의 모습, 병으로 인해 고통 받는 약한 모습 등 다양한 얼굴을 보여 준다. 이순신의 이러한 현실감 있는 모습에서 우리는 그의 진실한 마음을 보고, 더욱 깊은 감동을 느낄 수 있다.

어지러웠던 조선 사회

당시 조선 사회는 왕에게 많은 권한이 주어진 동시에 당파 싸움으로 많은 문제점을 안고 있었다. 임금 선조는 자신의 권력 유지를 위해 신하들을 의심하거나 귀양 보냈으며, 조정 관리들은 자신들이 속한 당파의 세력 확대를 위해 싸우는 일이 잦았다. 이순신이 선조 임금의 명령을 어겼다는 이유로 서울로 압송되어 고초를 겪고, 일개 병사의 신분으로 강등되는 일도 이와 관련이 있다. 임진왜란이 일어났을 때 손쉽게 부산이 함락당하고, 금방 서울이 함락되고 선조 임금이 피란을 가야 했던 것도 조정의 혼란스러운 정세 탓이 크다.

조정이 혼란스러우니 군대가 부패하고 백성들의 생활이 어려운 것은 당연했다. 전쟁이 일어난 뒤에도 조정과 관료들은 현명하지 못한 모습을 보였다. 《난중일기》에는 중앙 정치나 관료들의 폐해에 대한 이순신의 탄식이 자주 나타난다.

전쟁이 일어나고 왜군이 쳐들어오자 이를 막아야 할 관리들과 군사들은 소문만 듣고도 먼저 도망친다. 왜군과 맞서 백성을 지키기는커녕 자신만 살고자 맡겨진 의무를 내버리고 도망간 것이다. 이순신은 도망치는 관리를 잡아 처형하고 군사들의 사기를 달랜다.

이순신이 군대를 끌고 왜군을 쳐부수기 위해서는 그 지방에서 오랫동안 근무하던 관리들의 도움이 필요했는데, 지방 관리들이 앞서 도망치자 이순신은 지방의 여러 가지 정보를 얻을 수 없었던 것이다. 이순신의 말대로 미리 왜군이 마음대로 상륙하지 못하게 막았더라면 훨씬 전쟁을 유리하게 이끌 수 있고 피해를 줄일 수 있었을지도 모른다.

조정에서 온 관리는 자신을 대하는 태도가 공손하지 못하다는 이유로 공을 세운 장수를 꾸짖는다. 치열한 전쟁터에서 목숨을 걸고 공을 세운 장수를 꾸짖는 것을 보고 이순신은 우스운 일이라며 한탄한다. 조정 관리는 장수의 공을 생각하기보다 자신의 위신을 더 생각하고 있는 것이다. 이처럼《난중일기》는 당시 임금과 조정의 문제점에 대해 고발하고 당대 사회의 모순을 보여 주어 역사적·사회적 사료로서의 가치를 갖는다.